のしっぽを撫でながら・・・目次

数の不思議に魅せられて

「書く」ということ

アンネ・フランクへの旅

犬や野球に振り回されて

犬のしっぽを撫でながら

数の不思議に魅せられて

『博士の愛した数式』を巡って

「世界は驚きと歓《よろこ》びに満ちている……」

これは、拙著『博士の愛した数式』の帯の文句であり、つまりは読者の方々に向けたメッセージなのだが、作者である私自身が、最も強くこの言葉を噛《か》み締めている。小説を書くための下調べをしている間も、執筆の最中も、そして本が出版された今になってもずっと変わらず私は、世界に隠された驚きと歓びに出会い続けている。

資料として数学に関わりのある本を手当たり次第に読んでいるうち、それまで抱いていた天才数学者のイメージが微妙に変わってゆくのを感じた。私にとって天才とはつまり、どんな難しい問題でも解いてしまう人、であった。混沌《こんとん》としてややこしく、底知れない暗闇《くらやみ》に包まれた難問の森に果敢に分け入り、複雑な解決への道を探し出す人、なのだった。

歴史上最高の数学者の一人、と言われるガウス（一七七七～一八五五）には、ある有名なエピソードがある。自習をさせるために先生が「１から１００まで足し算しなさい」という問題を出したところ、ガウス少年はあっという間に答えを出してしまった。１から１００まで順に大きくなる計算式と、１００から１まで順に小さくなる計算式を二つ並べる、三角数の考え方を用いたのだ。

1+　2+　3+　4+・・・・・・+　98+　99+100
100+　99+　98+　97+・・・・・・+　3+　2+　1

101+101+101+101+・・・・・・+101+101+101　=101×100

つまり１から１００までの数の和は、

101×100÷2=5050

となる。

数学の出来る人にとっては基本中の基本、常識の問題だろうが、私のような人間にとっては、順に大きくなる式と小さくなる式を上下に並べ、１０１を全部で１００個作る、というこの発想があまりにも鮮やかすぎて、めまいを起こしそうになる。どこをどう叩《たた》いたらそんなことを思いつくのか、見当もつかない。計算式の問題が、ある時点から不意に図形化し、しかもそこに予想外の規則的な繰り返しが表われ出てくる……。考えれば考えるほど神秘的である。

そこで私は感づいた。ただ単に難しい問題を解くのが天才ではない。複雑な問題を単純化してしまうのが天才だ。その結果として難しい問題が解けるだけなのだ、と。

地図にある通りの道を選んだら、崖《がけ》もある、沼地もある、狼《おおかみ》もいる。凡人はそれでも、傷だらけになりながら一歩一歩進んでゆくだろう。ところが天才は、凡人が自分の足元にばかり囚《とら》われている間に、気球を飛ばし、風に乗ってスイスイと目的の地へ到着する。思わず、「ずるいじゃないか」と口走りそうになる。天才がやってのける単純化は、本当にずるいほどお見事なのだ。

言い方を変えれば、天才たちは皆、どんなに複雑に見える問題にも、裏には何かがある、と予感する力を備えている。そしてその何かは、複雑さを一気に蹴散《けち》らし、たちまち世界を美しく統制するだけの力を備えている、と信じている。まだ見ぬものへの憧《あこが》れ。これがなければ発見は生まれない。

1から100までの足し算を出題されても、当然私に予感や憧れが沸いてくるはずもなく、ぶつぶつ文句を言いながら順番に、まじめに足してゆく。才能がないばかりか根気もない私は、途中で嫌気がさし、あちこちで計算間違いを起こす。もちろん答えも間違っているわけで、先生から赤字で大きなバツをもらい、やり直しを命じられる。いつまでたっても洞窟《どうくつ》から抜け出せない。

その隣でガウス少年は、数の世界の隠れた美しい秘密を手に入れている。洞窟に射す一本の光をつかみ取り、暗闇から抜け出し、はるか遠い地平に旅立っている。

これが凡人と天才の違いであろう。

以前、数学者の藤原正彦先生とお話しした時も、このガウスのエピソードで盛り上がった。しかし先生は単に盛り上がるだけではなく、

「$1^2+2^2+3^2+4^2+$……だったらどうなるか、あるいは、$1^3+2^3+3^3+4^3+$……では、どうでしょう」

とおっしゃって、さらさらと計算をはじめられた。1＋2＋3＋……にあのように素晴らしい公式が隠れているとすれば、2乗、3乗の足し算からは何が浮かび上がってくるか、わくわくするでしょう、小川さん。そう言って私にウィンクしそうな雰囲気だった。

ここでまたしても私は驚きに打たれた。なるほど、天才は一箇所に留まっていない

のだ。私がガウスの計算にひとしきり感心している間に、才能のある人はどんどん新しい方面に目を向けている。私は1＋2＋3＋……の謎が解けただけで十分満足だが、決して満足しないのが天才である。一つの発見から更なる発見を生み出す。新しい恒星が発見されると、それに引っ張られるようにすぐ近くでも新星が見つかるのと同じく、数の秘密も寄り添い合って隠れているものらしい。

2乗、3乗の和がどのような公式で表わされるかについては、藤原先生との対談集『世にも美しい数学入門』（筑摩書房）を読んでいただきたい。ああ、神様は何と不思議な技を見せて下さるのかと、天を仰ぎ両手を合わせずにはいられない結果が得られている。もちろん私はただ座っていただけで、計算して下さったのは全部、藤原先生である。

『博士の愛した数式』を発表した時、一番気がかりだったのは、数学の専門家の方々がどんなふうに読んで下さるか、ということだった。

「こんな分かりきったことを、回りくどく、大げさに書いて、何とまあくだらない小説だ。フン」

と、軽蔑《けいべつ》されるのではないか。いや、そもそも数学の先生たちは、こんなつまらない小説は読まないであろう。などといろいろ心配をしていた。

ある日、思いも寄らない知らせが届いた。この小説が日本数学会出版賞を受賞したのだ。

私は授賞式に出席するため、日本大学理工学部駿河台《するがだい》校舎へ向かった。学会の会場で、講演やシンポジウムの合間に式が行われるらしい。正直、少し怖かった。文学の授賞式ならば大体どういうものか予測がつくが、何と言っても数学会だ。桁外《けたはず》れに頭のいい人々の集まりに違いない。ガウスや藤原先生のような人たちがうようよしているのだ。そんな恐ろしいところへ、どんな顔をして入ってゆけばよいのだろう。高校時代の数学が、いつも赤点すれすれだったこの私が。

駿河台校舎に到着すると、中は案外ざわざわした雰囲気だった。あちこちにポスターや会場の案内図が貼《は》られ、手伝いらしい若者がうろうろしている。チェックも一切なく、出入り自由で、まるで学園祭のようでもある。

本部に案内されると、そこには他の受賞者の方々（皆さん数学の専門家ばかり）や、学会の方々が揃《そろ》っておられた。私は日本数学会理事長、森田康夫先生の隣に、かちこちに緊張しながら、ぎこちなく、居心地悪く腰掛けた。

数学会の理事長先生と自分との間に、どんな共通点があるだろう。一体何を喋《しゃべ》ったらいいのだろう。初対面の挨拶《あいさつ》を済ませてしまうと、あとはもう一言も言葉は浮かんでこず、愛想笑いを浮かべるにも限度があり、間を持たせるためのお茶はすぐに飲み干してしまった。緊張感はどんどん高まるばかりだった。

同じように森田先生も困っておられた。視線を宙に泳がせ、一生懸命、適切な話題がないかと探している気配が、こちらにも伝わってきた。しばらく二人で、もじもじとした時間を過ごした。

とうとう沈黙に耐え切れず、私は口を開いた。本当はこんなことを数学者の先生の前で口にするのは、失礼に当たるのではないかと思われたが、黙っているよりは多少ましな気がしたのだ。

「先生、小説の中に書いておきながら、私は自然対数eが、いまだによく分からないんです」

小説の博士が愛したのは、オイラーの公式、

$$e^{\pi i}+1=0$$

ということになっている。πは円周率、iは虚数（-1の平方根）。eはπと同じように循環しない無理数で、

2.718281828459045……

とどこまでも続いてゆく。

これら、何の関わりもないように見えるeとπとiが結びつき、1をプラスした瞬間に0になる。オイラーが発見した公式は、永遠と無が一瞬の中で共存している、奇跡的に美しい式なのだ。

にもかかわらず頭の固い私は、理屈ではeの仕組みが理解できたつもりでいても、どうしてこの脈略のない数字の連なりが〝自然〟と命名されているのか、分からない。感覚としてつかめない。

「ああ、それはですね……」

森田先生はすぐさま、胸ポケットから万年筆を取り出し、手近にあったパンフレットの裏にさーっと座標軸を書き、一本の線を引いた。ゼロを起点とする真っ直《す》ぐな線グラフである。

「つまりeはこのように表わされるわけなんです」

縦軸、横軸の単位が何であったかは、恥ずかしながら忘れてしまった。ただ先生の万年筆から一本の線が引かれた時、〝自然〟の意味が自然に身体に染み込んできたのだけはよく覚えている。そのグラフは、何の無理もなく、遥《はる》か遠い昔からずっと変わらないあるがままの姿で、どこまでも伸びていた。

「こうしてグラフという、目に見える図で表わすと、途端に霧が晴れるみたいによく分かりますね」

霧と一緒にさっきまでの緊張もどこかへ行ってしまい、私はうれしくなった。

「ええ、そうなんですよ」

森田先生もにこにこされていた。

日本数学会の理事長先生が、無知にも程があるこの私に、わざわざ万年筆を取り出して、eについて教えて下さった。嫌がりもせず、軽蔑もせず、優しく教えて下さった。そのことが感動的だった。

あの瞬間、先生と私の間には、一つの数に隠された偉大な美しさを共有しているという喜びが、満ちあふれていた。

そろそろ桜が散りはじめようか、という季節、私は静岡県のローカル線に乗り、小《お》山《やま》町へ向かっていた。土曜日の午後で、電車の中は部活動帰りらしい高校生でにぎやかだった。

商店街もバスターミナルもない小さな駅で降りると、改札口に立って手を振る、プロデューサーの荒木さんの姿が見えた。この小山町で、映画『博士の愛した数式』の撮影が行われているのだ。

細い坂道を上がってゆくと、不意に視界が開け、トラックやクレーンや大きな照明やカメラやテントが目に飛び込んできた。大勢の人々が忙しく立ち働いていた。その向こうに、博士の住む家が建っていた。

なぜか私は、幼いころ何度も訪ねたことのある場所へ、久しぶりに戻ってきたかのような気持になった。壊れた呼び鈴、革の寝椅子《いす》、傷だらけの食卓、ヨーロッパ製のコーヒーカップ、手回しの鉛筆削り、擦《す》り切れたベッドカバー……。何もかもすべてが、小説を書いている時、私の頭の中にあったのと同じ姿でそこにあったからだ。作り物のはずなのに、長い年月、博士の体温を吸い込んできた風合いが、隅々にまで行き渡っていた。一切打ち合わせなどしなかったのに、監督はどうして、私の中だけにあったイメージをこんなにも鮮やかに再現できたのか。それが不思議でならなかった。

博士の書棚に置かれた本たちは、森田先生の書斎からお借りしてきたものだった。博士の勉強机は、広大な数の世界を前にした時の人間のささやかさを象徴するように、こぢんまりとしたものだった。窓からは、風に散る桜の花がよく見えた。

撮影の準備が整い、正面から寺尾聰《あきら》さんが歩いてこられた。博士だった。素数を愛し、オイラーの公式を愛し、子供と阪神タイガースを愛した博士が、活字の中から、生きた人間に生まれ変わって、私の目の前に現われたのだ。世界は驚きと歓びに満ちている。まさに私はその言葉を、胸に深く刻みつけたのだった。

数学者と美しさについて

ふとしたきっかけから、数学者の登場する小説を書こうと思い立ち、それまで無縁だった数学の世界に、ほんのわずかだが触れたことは、予想もしないほど大きな実りを私にもたらしてくれた。

小説を書いている間、ずっと心の中に一人の若者の姿があって、彼の気配を感じ続けていたような気がする。彼は小説の登場人物たちの邪魔にならない片隅に、そっと腰を下ろし、膝《ひざ》の上に石板を置き、一心に数式を書いている。横顔の輪郭はくっきりとし、視線は一点を捕らえ、指先は音楽を奏でるかのように次々と数式を描き出してゆく。板に触れる石筆の音さえも、彼を包む静寂を乱さない。

その静寂が醸《かも》し出す空気に守られていたおかげで、どうにか私は、小説を完成させることができたのだった。

若者のイメージの元になったのは、十九世紀の終わり、南インドの、貧しいながら誇り高いバラモンの家に生まれ、毎日半ダースの新しい定理を発見したという天才数学者、ラマヌジャンだった。ラマヌジャンは満足な大学教育を受けていないにもかかわらず、埃《ほこり》っぽい不潔な道端から、〝この世のものとは思われぬほど美しく特異〟な公式を生み出していった。お金や博士号のためなどではなく、ただ純粋に数を愛するあまり、その奥深い神秘に、たった一人で、魂ごと飛び込んでいった結果だった。

古今東西の天才数学者たちの伝記を読んでいると、数学がただ数の問題を扱うだけの学問ではなく、数を通して世界の有りようを発見してゆく芸術だ、というのがよく分かる。彼らが新しい定理を追い求めるのは、それが美しいからに他ならない。詩人が星の瞬《また》きに心打たれ、それを言葉の姿に変えて自分の手元に置こうとするのと同じように、数学者たちもまた、複雑な数の仕組みをほんの短い一行で統制してしまう定理の、完璧《かんぺき》な美しさに、恋い焦がれている。

「三角形の内角の和は180度である」

この定理が正しいのは、人間の感覚がそう捕らえるからでも、心がそう仕向けるからでもなく、それが真理だからである。しかも、一切例外のない、永遠に不滅の真理なのだ。数学者たちは、あやふやで移ろいやすい人間の主観から、完全に解放された、独自の道筋によって、自分たちが生かされている世界を解明してゆく。

ラマヌジャンがそうであったように、私が思い浮かべる数学者たちは皆、頭を垂れている。その理由は、並はずれた集中力で問題に取り組むために、ひたすら下を向いているから、というだけではなく、数の偉大さの前にひざまずき、心からの尊敬を捧《ささ》げているように見えるからだ。

数の世界がいかに広大であり、自分に触れられるのは、そのほんの一部分でしかない、ということを彼らはよく知っている。数を創造した者は、人間の予測を越えた計らいをなしている。だからこそ数学者たちは、その計らいに隠された美しさを発見しようとして、時に命さえ捧げてしまう。

つまり、彼らが向き合っているのは、目に見えない、手触りもない、はるかな創造者なのだ。そこへたどり着くための手段として人間に与えられているのは、ただ一つ、才知だけである。

ボタン一つで瞬時に世界中の情報が得られる現代社会にあっても、彼らは挑戦をやめようとしない。人間が作り、人間によって整えられたシステムがどれほど高度に発達しようとも、人間を越える世界への憧れは、意味を失わない。数学者たちは与えられたささやかな才知だけを頼りに、ひた向きに突き進んでゆく。

そんな彼らの姿を、私はいとおしいと思う。お金に換算できる価値とは無縁のところで、ただ叡知《えいち》の勝利のためだけに悪戦苦闘できる人々を、尊いと思う。

作家もまた、真理を追い求めている点では数学者と同じなのだが、彼らと違って、言葉では永遠の真理を表現できないと承知したうえで、それでもなお悪戦苦闘しているのだ。言葉にできないほどの哀しみを、言葉で表現しようとしている。

数学者と作家。彼らは孤独な労働によって、人間の精神の誇りを守っているという点において似ている。そう私は信じたい。

数の不思議を小説に

〝数〟に宝石の輝きを見いだす数学者たち

私の小説『博士の愛した数式』は、数学者が主人公です。あるいは、数そのものが主人公と言ってもいいかもしれません。数の世界を物語の形で表現したいという願いをもって書いた作品です。

「博士」と呼ばれる一人暮らしの老人が主人公です。老人は昔は数学者だったのですが、事故に遭い、記憶が八十分しか持続しなくなってしまいました。そこに若い家政婦さんが派遣されてきます。彼女は未婚の母で、働きながら十歳の息子を育てています。物語は、博士と家政婦さんとその息子の三人のかかわりを描いていきます。

なぜ私が数学を題材に小説を書こうと思い立ったのか、お話ししましょう。

学生時代、私は数学が大の苦手でした。ところがある日、数学者の藤原正彦先生がお書きになった『天才の栄光と挫折《ざせつ》 数学者列伝』という本を偶然手にしたのです。この本には世界中の天才数学者、例えば、ニュートン、ガロワ、第二次世界大戦中にドイツ軍の暗号「エニグマ」を解読したチューリング、フェルマーの最終定理を証明したアンドリュー・ワイルズなどの生涯がつづられています。

数学はつまらなかったけれど、数学者はなんて魅力的なんだろうと思いました。第一に、彼らがみんな数を愛していることが驚きでした。数は私にとっては無機質で無感情。ところが彼らにとっては愛すべきものであり、星や花と同じように、美しいものだったのです。このことは大きな発見でした。

もう一つの発見は、数学者たちの謙虚さでした。数の世界は無限です。人間よりも大きな存在の何かがそれを創《つく》り、人間は与えられた知恵を使ってその仕組みを発見していくしかない。つまり、数学者たちは人間は創りだす存在ではなく、発見するだけの存在であることをわきまえ、広大な数の世界の前で、感動に打たれ、謙虚にひざまずいているのです。広い砂漠に埋もれている一粒の宝石を探し求めて悪戦苦闘している数学者のイメージが、私の中にわきあがってきました。私は数がそれほどまでに美しいものならば、必ず物語になると確信しました。

数に寄せる数学者の思いと小説の共通性

「虚数」という概念があります。「虚ろな数」と書くだけで、どこか秘密めいて、魅惑的です。「ルート・マイナス1」、つまり二回掛け合わせるとマイナス1になる数のことで、数学では「i」という記号で表わします。英語では「イマジナリー・ナンバー（imaginary number）」、直訳すると「想像数」で、「i」はその頭文字なのです。二乗してマイナスになる数など存在しません。しかし、数学の世界では基本的な数として、なくてはならない役割を果たしているのです。『博士の愛した数式』の中で、博士はこう言っています。「とても遠慮深い数字だからね、目につく所には姿を現わさないけれど、ちゃんと我々の心の中にあって、その小さな両手で世界を支えているのだ」

この虚数を知ったとき、数学者たちは常識を根本から覆して、見せかけではない真実をつかもうとしていると私は思ったのです。そして、彼らがめざしている方向が、ほんの少し、見えてきたような気がしました。

そのうちに、日ごろ何気なく使っている「0《ゼロ》」も、虚数と同じくとても大きな存在だということに気づいたのです。「0」が発見されるまでは「ないものは数えられない。だから書き表わす必要もない」と思われていました。ところが、七世紀ごろ、インドのある人が最小の自然数である1より一つだけ小さい数で、そこに何もないことを表わす概念に対して「0」という数字を与えたのです。「無い」「存在しない」ということを「0」が「ある」に置き換えたのです。

博士は家政婦さんに0の説明をします。

「さあ、思い浮かべてごらん。梢《こずえ》に小鳥が一羽とまっている。澄んだ声でさえずる鳥だ。くちばしは愛らしく、羽根にはきれいな模様がある。思わず見惚《みと》れて、ふっと息をした瞬間、小鳥は飛び去る。もはや梢には影さえ残っていない。ただ枯葉が揺れているだけだ。（中略）1−1＝0　美しいと思わないかい？」

ここでも虚数と同じことが起こっています。「非存在を存在させる」という矛盾を克服して、0という真実を見いだしたのです。しかも、それは美しい真実です。0が登場しても、計算規則にいっさい混乱が起きないどころか、統一性が増して、さらなる美を表現できるようになったのです。

ここで私は思いました。数学者と私は同じ方向をめざしているのではないか、と。作家も小説を書きながら、大いなる矛盾と戦っています。小説は、「言葉にできないくらい悲しい」とか「言葉にできないくらいうれしい」という、その「言葉にできない」部分を言葉にしなければならないからです。人間の悲しみを描こうとするとき、

「悲しい」と書いてしまうと、真実の悲しみは表現できません。言葉とはもともとそういう不自由な道具なのです。例えば、赤い色を言葉で表現しようとしたら大変です。絵の具を使えば、そのものずばりを目の前に示すことができるのに、言葉では、比喩《ひゆ》を使ったり、感覚に訴えたり、回りくどく多くの言葉を費やしても、そのものずばりにはたどり着けないのです。

言葉にできないことを言葉にしようとしている作家。存在しないものを、存在させる数学者。この二者は、そっと手を伸ばせば触れ合えるくらい、案外近くにいるんじゃないかと私は感じました。

数学者は決して無感情に無機質な数を扱っているだけの人ではない。数を通して、世界の在り方、人間の在り方を理解しようとしている人々だ。ならば、数学者を主人公にして、数の世界を舞台にした物語が書けるに違いないと思ったのです。

数の魅力が作り出すストーリー

小説を書くうえで、ストーリーというものの扱いはなかなか難しいのです。ストーリーが決まらなければ、小説など書けないではないかと思われるかもしれません。作家によって創作の手法はさまざまでしょうが、私の場合、書き始める前からはっきりとストーリーが決まっているわけではないのです。

私はストーリーが書きたいわけではありません。私が書きたいのは人間であり、その人間が生きている場所であり、人と人の間に通い合う感情なのです。

自分の書きたい人間や場所が、映像のような一場面になって、頭に浮かんできます。その頭の中の映像をじっと観察して、言葉に置き換えていきます。すると、書き写した人物が、今度はまた新しい場所へ移動していき、新しい人と出会います。私はそれを見失わないように一生懸命追いかけていって、また観察して、それを言葉で書き写して……と、こういうことを繰り返していくうちに、ふと振り返ると自然にストーリーのようなものが生まれていた、そういう感じです。

ですから、書き終わったとき、「こんな話になるなんて、思ってもいなかった」と感じることがしばしばあります。書いている本人の思惑を超えて、まったく予想外の場所へ到着した、そういう気分になれることが、作家としての幸せです。逆に、予想どおりの着地をした作品は、つまらないものになることが多いのです。書き始める前に思い描いたとおりの作品になったときは、失敗なのです。

さて、『博士の愛した数式』では、どのようにストーリーが生まれていったのでしょうか。

数学の読み物を手にするうちに、「友愛数」というものに出会いました。「友を愛する数」とは一方の数が他方の数の約数の和になる、ペアになった二つの数字のことです。わかりにくいと思いますので、例を挙げましょう。

２２０の約数のうち、それ自身である２２０を除いた約数は1、2、4、5、10、11、20、22、44、55、１１０で、これらの和は２８４になります。一方、２８４の約数のうち、２８４を除いたものは1、2、4、71、１４２で、これらの和は２２０になります。お互いの約数の和がお互いの数になる。「友愛」で結ばれたペアです。まさに特別な関係です。

実はこの２２０と２８４のペアを発見したのは二千五百年前、ピュタゴラスが率いた集団でした。発見されたのはこの一組だけでしたが、一六三六年にフェルマーが１７２９６と１８４１６のペアを発見。その後、デカルトやオイラーが新しい友愛数を発見してゆきます。「友愛」という言葉がとても魅力的です。味気ないと決めつけていた数学の世界に、ロマンを見つけたような気分でした。それまで何の意味も持たなかった二つの数字、２２０と２８４が握手し、肩を抱き合っているような、血の通った温かい数字に見えてきたのです。私の中に一気に小説の場面が浮かび上がってきました。

博士が家政婦さんに誕生日を尋ねます。家政婦さんは「二月二十日」と答えます。すると博士は腕時計を外して彼女に見せます。学生時代、学長賞を受賞したときにもらった腕時計に刻まれた通し番号が284。新聞の広告チラシの裏に220の約数と284の約数を書き出して、家政婦さんに足し算をさせます。二つの数が導き出されます。家政婦さんの驚き、博士は二つの数が友愛で結ばれていることを教えます。友愛数という、たった一つの言葉によって、こういう場面がパーッと浮かんできたのです。広告チラシのしわの具合や博士が握っている鉛筆、二人がいる食堂にさしこむ西日の様子、細かいところまで見えてきました。

この場面を描くことによって、博士と家政婦さんの関係はおのずと暗示され、それにつれて物語も自然と動いてゆきます。小説が生まれる瞬間の不思議、それは書いている本人にとっても神秘的なものなのです。

博士と家政婦さんの息子も、不思議な数がその関係を作り出すきっかけになりました。

事故以来、記憶が途切れている博士にとって、愛する阪神タイガースのエースは江夏豊です。彼がトレードに出され、とうの昔に引退していることを知らないのです。博士はその息子に江夏の背番号28がめったに存在しない「完全数」であることを説明します。

完全数とはその数自身を除いた約数の和が、その数自身となる数のことです。28の約数は1、2、4、7、14、28です。「その数自身」、つまり28を除いた約数を足すと28になります。

いちばん小さい完全数は6です。次が28で、その次は496、その次になると8128と、数が大きくなるにつれて、探すのは難しくなってゆきます。

江夏豊は、そうした特別に選ばれた、完全な数28を背負った選手なんだよ、と説明する博士の言葉に、子どもは数の神秘、偉大さを少しずつ理解してゆくのです。

数の永遠性と有限を生きる人間の悲しみ

有名な定理の一つに、「ピュタゴラスの定理」があります。

「直角三角形の斜辺の二乗は、他の二辺の二乗の和に等しい」

中学生のころでしたが、試験の前に「$x^2+y^2=z^2$」などと一生懸命暗記したものです。

このピュタゴラスの定理は、発見されてから二千年以上たつそうですが、今もって正しい。これから先、また二千年たとうが一億年たとうが、ずっと変わらずに正しくあり続ける。この定理は、不滅で永遠なのです。

そういう目でもう一度見直してみます。

「直角三角形の斜辺の二乗は、他の二辺の二乗の和に等しい」

まるで、詩の一節のような美しい響きをもって伝わってこないでしょうか。今ここにいる人間が全部死んだあとでも、ピュタゴラスの定理の真実は生き残るのです。ただの面倒な暗記事項にすぎなかった定理が、壮大な奇跡のように私には迫ってくるのです。

「三角形の内角の和は180度である」

この一行に、この世に存在するすべての三角形が当てはまってしまうのです。例外はありません。

混沌を制御する一本の糸。この糸に宿る緊張感に、数学者たちは美を見いだします。数学者の藤原正彦先生は、これを俳句にたとえました。広大な自然界を、俳句は五七五の最少の言葉で表現します。数学の定理もこれに似ている。そこに美を感じとれなければ、数学者にはなれない。日本人に優秀な数学者が多いのは俳句の伝統を持っているからだ、とおっしゃっていました。

数の永遠性に比べて、人間はなんとちっぽけな存在でしょうか。人間が生きているのは、移ろいやすい、あやふやな、間違いに満ちた世界です。でも、だからと言って、人間が数より醜い、とは私は思いません。限りある人生だからこそ、人間はひたむきに生きていくのではないでしょうか。

そうやって有限を生きざるをえない人間を、私はいとおしく感じます。別れを悲しみ、過《あやま》ちを後悔し、死を怖れ、この世のあらゆる美しさに心打たれながら、生きて、死んでゆく人間。

人はただ、目に見える、手で触れる現実の世界のみに生きているわけではありません。人は現実を物語に変えることで、死の恐怖を受け入れ、つらい記憶を消化してゆくのです。人間はだれでも物語なくしては生きてゆけない、私はそう思います。

有限を生きる人間が、その悲しみを受け入れるとき、かたわらにあって、その人をそっと見守るような物語。そういう小説を書きたいと思っています。

数学者の「正しい間違い」

数学界最大の難問「フェルマーの最終定理」を一九九五年に証明したのは米プリンストン大学教授のアンドリュー・ワイルズだが、その証明を根幹で支えたアイディアの一つは、「谷山・志村予想」と呼ばれるものだった。世紀の証明に、日本人が深く寄与していたとは、私のような数学音痴にとっても誇らしい事実である。

東京大学で出会った二人の天才数学者、谷山豊と志村五郎。谷山のすごさを志村は、正しい方向に間違う才能の持ち主、と表現している。

数学者たちは常に正確さを追求する。厳密で揺るぎない姿に美を見いだす。しかし正解へたどり着くまでの間、多くの間違いを犯す。そこでくじけず、間違いによって開かれた間違った扉の向こうに、思いもしなかった新たな光を見つけ、より困難な道筋を歩んで行ってこそ、素晴らしい真理を発見できる。谷山・志村予想の内容を理解するのは私には不可能だが、数の世界に立ち向かう彼らの姿勢については、こんなふうに自由に思いを巡らせることができる。

小説を書くのにも似たところがあると言ったら、数学者は怒るだろうか。書いている間中私は、一語一語、それで本当にいいのか？　と自問し続けている。なのにふと気づくと、最初に思い描いていたストーリーとは外れた、間違った場所に放り出されている。そこで慌てず、じっと心を静めていると、思いも寄らない物語の光が、遠くから差してくるのだ。

天才数学者の悲しい恋

藤原正彦先生の『天才の栄光と挫折　数学者列伝』は、古今東西九人の天才数学者たちの素顔を、同業者の温かい視点で描いた本だが、これを読めば、数学が嫌いな人でも、数学者のことは好きになってしまうに違いない。輝かしい数学的才能と引き換えに、彼らがどれほど深い苦悩を背負っていたか、胸に痛いほど伝わってくる。

例えばモーツァルトは音楽の神に愛された天才と言えるだろう。しかし天才数学者たちは、数の神に無償の愛をささげる人々である。どんなに冷たくはね付けられようとも、気高く美しい定理を求め、神の前にひざまずく。うつろいやすい不確かな存在の人間が、数学の世界においては、永遠に不滅の真理を獲得できるのである。

彼らの一途《いちず》さが最高点に達した時、歴史的発見がなされるわけだが、その情熱が生身の人間に向けられた時、しばしば悲劇が起こる。十九世紀、ニュートンの再来とたたえられたハミルトンは、初恋の女性を三十年間思い続け、報われることがなかった。絶望の果て、出会った頃の彼女が立っていた床に接吻《せっぷん》した。

また、ナチス・ドイツの暗号を解読し、コンピューターの基礎を作ったチューリングは、上級生の少年に恋をし、彼の踏んだ土までをも愛した。けれど上級生は結核で早世してしまう。

床に接吻し、土を愛する苦しみの中で、人間の理性が勝利を獲得していったのかと思うと、数学者たちがたまらなくいとおしく感じられる。

一本の線が照らす世界

学生時代、ずっと数学が苦手だった。中学の頃はまだ要領のよさだけでごまかしていたが、高校に入り、三角関数のsin《サイン》、cos《コサイン》、tan《タンジェント》が登場してくるあたりから早くもあやしくなりはじめた。やがて数学は、私になど手の届かない深い暗闇の世界にのみ込まれていったのである。

今でも時折、白紙の数学のテスト用紙を前に、絶望している夢を見る。数学の問題が分からない時に陥る、あの暗闇の濃さには、他の教科にはない独特のものがある。光の気配などどこにもなく、そろそろと手をのばしても、ただ暗がりに指先がのみ込まれてゆくばかりだ。

ところが、頭のいい友達にノートを見せてもらうと、そこには光り輝く解答が、一分の隙《すき》もなく提示されている。一体どこからこの解答を導き出してきたのか、問題の

内容よりも、それを解いてしまう友達の頭の構造の方に興味がゆく。しかし友達の言い分は、

「分かるから分かる」

というだけのことなのだ。

ごくたまに、自力で問題が解ける。気まぐれに引いた一本の補助線が、不意に事態を変える。あっという間に暗闇が晴れ、太陽が昇り、たった一つの正解のありかを照らし出す。自分の捕らわれている世界がどんなに小さいものか、見えていないところにどれほど豊かな世界が隠れているか、実感できる。

数学の成績が悪いことではなく、こういう喜びに縁が薄かったことを、今では残念に思っている。

数の整列の「おとぎ話」

大学で数学を専攻した人に出会うと必ず、具体的にどんな勉強をしたのか、尋ねないではいられない。相手は、私が素人《しろうと》だと承知しているから、専門的な内容をかみ砕き、極限まで単純化し、おとぎ話を聞かせるような口調で語ってくれる。するとたちまち、数学、という堅苦しい柵《さく》に閉じこめられていた学問が、自由に軽やかに空を舞いはじめ、私をうっとりした気分にさせるから不思議だ。

中でも印象深かったのは、数を全部一列に並べる勉強をしていた人のお話だ。「ただ並べるだけですか?」。失礼も省みず、思わずそう口走っていた。

ゴルフボールを並べるように数字を順番に連ねてゆくとする。1の次に来る数字は何か。1・01、1・001、1・0001……と無数に考えられる。よって各数字の間にすき間はできないはずだ。ならば直線になるのかと言えば、あくまで数は一個一個が独立して存在しているのだから、一本の線になってしまうのはおかしい。つまり、数を並べてゆくと、点々のつながりでもない、一直線でもない、不思議な形が生まれることになる。

私は遠いどこかにある宇宙の広場で、神様の号令のもと、一列に整列する数字たちの様子を思い描く。彼らは皆、けんかもせず、いい子で順番に並ぶ。するとそこに、ある一つの形が浮かび上がる。その形はあまりにも美しいので、人間は誰一人、自分の目でそれを見ることができない……。私のおとぎ話はどこまでも続いてゆく。

才能救った少女の一言

一九七二年、一人の若い日本人数学者が、ミシガン大学に研究員として招かれ、アメリカへ殴り込みをかける意気込みで海を渡る。専門の数学においては、決して引けをとらなかった。初めてのセミナーでの講演も大成功だった。ところが、厳しい冬の訪れとともに、彼は孤独感を深め、ホームシックに陥ってしまう。研究は滞り、焦りは敗北感となって押し寄せてくる。

気分を変えるため、彼は太陽を求めてフロリダへ旅に出る。ウェストパームビーチの海岸で、海を見つめている時、無心に一人で砂遊びをする十歳くらいの女の子、セリーナと出会う。

「この海の向うに何があるか知っているかい？」

彼は尋ねる。セリーナはたった一言、

「horizon（水平線）」

とだけ答える。少女の瞳はどこまでも青く、海そのもののように見える。

不意に彼は、その言葉に込められた純真な魂の響きに心打たれ、涙ぐむ。知識にとらわれず、宇宙をありのままに受け入れているかのような少女の一言に、澄んだ美しさを感じ取る。

ほどなく彼は元気を取り戻し、アメリカで新たなキャリアを積み上げてゆく。後年、数学者・藤原正彦氏はこの自分の体験を、名著『若き数学者のアメリカ』にあらわす。

あの時、若者の数学的才能を窮地から救い出したのは、少女の一言に感動できるすぐれた感受性であった。

有限の世界で味わう無限

阪神・甲子園駅を降りると、もうすぐ目の前が球場である。法被《はっぴ》を着てメガホンを持つ人々の波に押されながら、私はポケットからチケットを取り出す。

「ライト外野指定席42段71」

外野の入場門をくぐり、階段を昇ると、不意に視界が開け、そこにグラウンドが広がって見える。

「さあ、今日は絶対に勝つぞ」

気合を入れ、私はもう一度チケットを握り直し42段71の席を探す。

この時なぜかいつも、自分の席がなかったらどうしようと、不安になる。こんなに大勢の人がいるのだから、一人くらい、席にはぐれた観客がいてもおかしくないのではないかと思う。しかし大丈夫。ちゃんと私のために用意されたいすが一つ、そこに見つかる。

五万人以上の観客が、混乱もせず、皆自分の席に座れるのは、この世に数字があるおかげだ。42と71、たった二つの数字で広いスタンドの中のたった一つのいすを指すことができる。数字以外のものを使ってこれを成し遂げるのは、大変に困難であろう。

もし将来、甲子園球場の収容人数が六万人、十万人になったとしても、心配はいらない。数字は無限なのだから、膨《ふく》れ上がるタイガースファンたちを、どこまでもてきぱきとさばいてゆく。

有限の命を生きる人間が、無限の崇高さを味わうことができるとしたら、それは数字に触れている時である。

孤高の美しさ貫く「素数」

何よりも厳正であることを求める数学者にとって、素数ほど悪魔的な魅力を感じさせる数はないらしい。

素数は、1と自分自身以外では割り切れない自然数で、一番小さな素数は2、次は3、5、7、11、13、17、19……と無限に続いてゆく。1と素数以外のすべての自然数は、素数のかけ算で表わせる。例えば、6＝2×3、12＝2×2×3、33＝3×11という具合に。よって素数は自然数の元となる、原子のような重要な存在と言える。

ところが、素数はどういう規則で出現するのか分からない。次に来る素数を求めるための公式がない。複雑な数の世界を、シャープな定理によって統制することに喜びを見いだしている数学者たちは、この気まぐれさを放っておけず、まるでわがままな女王さまに振り回されるように、悪戦苦闘している。

学校で習った時には、素数はただの素数で、それ以外の何物でもなかった。しかし数学者たちを惑わす女王さまとして見ると、そこに表情のようなものが浮かんでくる。日常、何げなく目にした電信柱の番地や、豚こま百グラム入りパックの値札が、31番地や97円だったとする。それらが素数だと気づいた途端、31番地は気高い印を電信柱に刻み、97円は孤高の味わいを豚こまに与える。分解されることを拒み、常に自分自身であり続け、美しさと引き換えに孤独を背負った者。

それが素数だ。

「書く」ということ

アルルの出版社

私の小説を初めて翻訳出版してくれたのは、フランスだった。今から十年近く前のことだ。

日本語で小説を書いても、世界で読まれる可能性は低い。日本に外国文学が入ってくるのと同じ勢いで、日本文学も外国へ、という訳にはいかない。文学に限っては、アンバランスな輸入超過が続いている。

そんななかで、ベストセラー作家でもない私の作品が、十年もフランス語で出版され続けているのは、幸運というよりほかにない。素晴らしい翻訳家と出版社に巡り合えたおかげである。

出版社はACTES SUDといい、南仏のアルルに本社がある。パリではないことからも分かるとおり、ごく小さな出版社だ。しかし小さいからこそ、遠い極東の国の小説に目をとめ、大事にすくい上げるだけの精神的なゆとりがあったように思う。

二〇〇三年の九月、初めてアルルを訪れる機会に恵まれた。出版社は町の中心にあり、それでいて騒々しさは一切なく、目の前をローヌ川がゆったりと流れている。

中世の建物をそのまま利用しており（もっとも、アルルの建物すべてがそうなのだが）、一階は書店、レストラン、映画館、ギャラリーなどになっている。その上がオフィスである。本作りだけでなく、もっと広くアルルの文化的な要素が、その建物に凝縮されているようだった。

ユニークなのはレストランの奥にアラブ風のサウナがあることだった。レストランでお茶を飲んでいてふと顔を上げると、カーテンの陰にガウン姿の男性が覗《のぞ》いて見えた。バスタオルをターバンのように頭に巻き、座って本を読んでいた。

出版社の一階、書店の隣にあるサウナで、男が一人、火照《ほて》った身体を冷ます間、本を読んでいる。その風景が私にはとても好ましいものに映った。彼が何を読んでいたかはもちろん分からない。しかし、いつどんな場所であろうとも、本を読んでいる人の姿は美しかった。

アルル滞在中、出版社の社長のご夫婦が、ランチへ招待して下さった。町の中心から、ひまわり畑が広がる中を車で十五分くらい走ったところに、ご自宅があった。フランス革命の頃建てられた農家を改装したという、素晴らしいお家だった。緑豊かな庭が広がり、オリーブの林があり、時間のしみ込んだ石造りの家全体に蔦《つた》が絡《から》まっている。地中海から吹いてくる風が、その蔦の葉を優しく揺らしていた。

社長はユベール・ニセン氏。最初はたった五人からスタートして、ACTES SUDを作り、育ててきた。髪はすっかり真っ白だが、ブルーのシャツに同じ色のバンダナを首に巻いて、とても若々しい。奥さんのクリスティーヌさんは、ポール・オースターの翻訳者である。

奥さんが用意して下さったのは、心のこもった、家庭の匂《にお》いのする温かいお料理だった。デザートは庭に野生している木苺《きいちご》だった。開け放した食堂のドアから緑の香りが吹き込み、時折遠くで、教会の鐘が鳴っていた。日本の小説について、日本語について、夢中で話し、お代わりをすすめられるままに夢中で食べている間、私たちの足元で、黒いラブラドールの老犬が居眠りをしていた。

食事が終わったあと、二階にあるニセン氏の仕事部屋へ案内された。二十畳くらいはあっただろうか。三方の壁はびっしり、天井まで届く本で埋め尽くされていた。南向きのアーチ形の窓からは、オリーブ林が見えた。隅のテーブルにやりかけのゲームが出しっぱなしになっていたり、たった今文芸欄を切り抜いたばかり、といった感じでル・モンドが広がっていたり、ニセン氏の体温がそのまま伝わってくるような部屋だった。

「あそこからスタートしたんだよ」

窓の向こうを指差してニセン氏は言った。そこは元々牛小屋だったという建物だった。

「いい本を作りたい、ただそれだけの情熱で、あの牛小屋からスタートしたんだ」

決して自慢気ではなく、しかし誇りに満ちた口調だった。

「ここに君の書いた本はすべてあるよ」

今度は部屋の本棚を示して言った。

「十年前、君はフランスでは全くの無名だった。しかし今では、君の小説を多くのフランス人が読んでいる。たとえ君がこれから一冊の本も書かなかったとしても、ここにある本は永遠に残る。私の仕事とは、つまりそういうことなんだ」

私は胸が一杯になり、メルシー……とただ繰り返すしかなかった。私の小さな仕事部屋で書かれた小説が、アルルのニセン氏の書斎にたどり着くまでの、長い道のりを思った。そこに携わってくれた、文学を愛する人々すべてに、感謝を捧げたい気持だった。

大地を踏みしめる足元と果てを見つめる目

言葉の通じない作家と、小説について語り合うのは、どんな場合であれ心もとないものだ。味方になってくれるはずの言葉が不自由なのだから、臆病《おくびょう》にもなるし、憂鬱《ゆううつ》にもなる。そんな気分を立て直そうとして私は、今、目の前にあるこの本は、他の誰でもない自分が書いたのだ、という事実を繰り返し確認する。日本語から遠ざかる時、わずかでも頼みとなるのは、書く行為にしがみついてきた自分の執念深さだけだ。

さて、シンポジウム（二〇〇一年九月、北京《ペキン》で開かれた「日中女性作家シンポジウム」）は五つのテーマに分かれ、中国側、日本側からそれぞれ数名ずつが発言者となり、討論してゆく形式になっていた。あらかじめ手渡された進行表は実によく練られており、団長、副団長の津島佑子さん、中沢けいさんをはじめ、事務局の人たちの尽力がしのばれる内容だった。

ところが、シンポジウムが始まってすぐに、中国側の作家たちはテーマなど全く無視しているのが分かった。与えられたテーマを自分なりに咀嚼《そしゃく》し、そこから自由に発想をはばたかせる、というのでもなく、ただもう喋りたいことを喋るだけなのだ。

もちろん文学を相手にするのだから、きちんとした枠組みに収める必要などないのだが、その無視の仕方があまりにもきっぱりとしていて、圧倒されるほどだった。そのために日本側の発言と接点がぼやけてしまう場面も、時折見受けられた。

例えば私は中上紀《のり》さん、池莉《チ・リ》さん、遅子建《チー・ズジエン》さんと同じグループになり、「風土と生死の想像力」をキーワードにして発表原稿を用意していた。中上さんは旅と言語、そしてお父さんの死について語り、私はエリ・ヴィーゼルのアウシュヴィッツ体験を引用しながら、死に対して物語が果たせる役割について語った。

私の発言のあと、たいして突っ込んだ質問も出ず、池莉さんの発表に移った。彼女が提示したのは作家と評論家の対立だった。するとそれまで静かだった会場が一気に活気づき、次々と手が挙がり、評論家に対する批判が飛び出した。評論家たちは小説を無機質な分類に当てはめ、的外れな結論を導き出し、ただ自分たちの頭の良さを競い合っているに過ぎない。いや、評論家と作家が用いる言葉は根本的に異なるのであり、そのずれが小説に新たな視点をもたらすのだ……云々《うんぬん》。

日本語に翻訳された池莉さんの「生きていくのは」と、遅子建さんの「じゃがいも」は、ともに閉塞《へいそく》感の中に生命力と死の影を等しく映し出した、印象深い作品だった。お二人とは中国文学に現われる死生観について話し合えたら、と心積もりをしていたのだが、もはやテーマを元に戻すのは不可能だった。

しかし私は決して、こうした状況に不満を漏らしているわけではない。むしろ逆に、シンポジウムが自在な方向へ進んでゆくのを、大いに楽しんだし、また、いくら予測不可能な場面に置かれても、萎縮《いしゅく》することなく次々と新しい論点を示してくる文学というものの柔軟さに、改めて感動もした。

言うべきことをすべて吐き出すと、中国の女性作家たちは皆、さっぱりとした態度で席を立った。テーマをすり替えたことに対する謝罪はもちろんなく、お疲れさまの握手もない。その堂々とした振る舞いに、私はすがすがしささえ覚えた。

このような中国側の作家たちの中で、一人異質な雰囲気を漂わせていたのが、残雪《ツアン・シュエ》さんだった。それは作品にも表われていた。シンポジウムに合わせて刊行された『現代中国女性文学傑作選』の中の作品の多くが、何らかの形で文化大革命の傷跡を引きずっているのに対し、残雪さんの「弟」は、社会や歴史から離陸した場所に、新たな地平を拓《ひら》く小説になっている。平易な文体に心地よく身を任せているうち、思いも寄らない迷路に入り込み、〝精神の階層〟の深部に置き去りにされ、研ぎ澄まされた孤独に胸をえぐられることになる。

また、日本側の参加者に最も積極的に親しみを示してくれたのが残雪さんだった。夕食の席で隣になった時、文学のことからプライベートなことまで、楽しく話が弾んだ。私のスピーチについて、きちんとした感想を聞かせてくれたのも、残雪さんだけだった。他の中国人作家たちが、自らの足元を揺るぎない意志で踏みしめている間、彼女だけは、他の誰も気づかない世界の果てを見つめるような目をしていた。芸術家は語りえぬことを語るために、人類が誕生した原始の記憶に分け入り、様々な描写を持ち帰ってこなければならない、と言った彼女の言葉は、北京で出会ったどの言葉よりも強く私の胸に響いた。

北京を発《た》つ朝、ホテルの庭園を散歩していると、タクシーが一台、私を追い越して停まった。中から、中国側の団長、張抗抗《チャン・カンカン》さんと通訳の女性が降りてきた。二人とも巨大な飴玉《あめだま》をなめているらしく、人相が変わるほどに頬《ほお》をふくらませていた。

張さんは私の両肩を抱き締めた。飴玉のせいで言葉は出てこず、ただ抱擁の感触だけが、お別れの気持を伝えていた。私はその彼女の両腕が、ペンを持つ以前、文革の折り、辺境の地で木を伐採していたことを知っていた。力強い自信に満ちた胸の中は、温かかった。

私の大事なワープロ

ワープロを大事に使っている。これが壊れても、新しく購入することはもうできないのだ、と思うとなおさら慎重になる。

ワープロが登場してきた頃は、皆あんなに興奮し、歓迎していたのに、パソコンが現われた途端、製造を中止してしまうとは、あまりに冷淡すぎないだろうか。

パソコンの放つ、ざわざわした感じが好きになれない。ちょっと油断していると、見知らぬ誰かから、断りもなくメッセージが送られてくる。二十四時間いつでも、世界中どこからでも。

やはりそれは、ぎょっとする事態だ。招かれざる客が土足で踏み込んできたようなものである。そして困惑している間に、なぜか画面がぴくりとも動かなくなってしまったりする。

私はただ、心穏やかに小説が書きたいだけなのだ。物語と自分、一対一の静かな時間さえ確保できれば、他には何の望みもない。

その点、ワープロはいい。画面の向こうに何らややこしいものを隠していない。寡黙で正直だ。ただ謙虚にそこにあって、新しい物語が刻まれるのを待っている。

一人仕事部屋でワープロに向かっていると、親密な空気が流れるのを感じる。自分の書いている物語に、自分自身が抱き留められているかのような錯覚に陥る。世界とつながっているパソコンよりも、ただ文字を変換しているだけのワープロの方が、ずっと優しい視線を向けてくれている。

飼っている犬が死ぬ時を想像するだけで泣いてしまうのと同じように、ワープロが壊れる瞬間に思いを巡らせるたび、淋《さび》しくなる。

机を買う

神戸の元町に真珠の指輪を買いに行くつもりで家を出たのに、気が付くと骨董屋《こっとうや》さんに入って、机を買っていた。骨董屋さんの前を通った時、感じのいい机が飾られているのを見つけ、そうだ自分は前々から仕事用の机を探していたんじゃないか、と思い出し、真珠の指輪のことなどすぐに忘れてしまった。

二十六歳の時から十五年間、ずっと使ってきたのは、主人のお下がりで、ワープロを置くとそれだけで一杯になる小さな机だった。そのうえデザインはぱっとせず、塗料がはげて傷だらけになっていた。私もお構いなしに、忘れてはいけないメモをあちこちに押しピンで留めるものだから、机本体の姿はよく見えず、風が吹くと紙がひらひら音を立てて翻るようなありさまだった。

仕事部屋を撮影させてほしいという依頼があっても、その机の粗末さゆえに、躊《ちゅう》躇《ちょ》することがしばしばあった。

豪華でなくてもいい。品格があって、広々して、その前に座っただけで心がしゃきっとするような机がほしい。と、ずっと思っていた。

念願がかない、新しい仕事机が運ばれてきた。ワープロを置いても、まだまだスペースが余っている。心に余裕ができて、いい小説が書けそうな予感がする。

二、三日すると、いろいろな物が机を侵略しはじめた。辞書、手紙、のど飴、つぼを押す棒……。あっという間に、新しい机も狭くなった。結局私には、ワープロ一台分で十分なのだ。

小説の行き先

柴田元幸さんのエッセイを読んでいたら、入院しているお母さまの病室で、酸素吸入器の音を聞きながら、ある作家の中篇集を翻訳するエピソードが出ていた。柴田さんは当の作家が気を悪くするのではと案じつつ、その事実を手紙に書くのだが、作家からは、自分の作品が母上の病室で翻訳されたことに奇妙な感動を覚えました、という返事が届く。

私も似たような経験をしたことがある。手紙の送り主は、一面識もない、ヴェネチア在住の若いガラス作家。「脳の病気で倒れた父親のかたわらで、二ヵ月間、毎晩毎晩あなたの小説を読み、泣いていました……」

見慣れないイタリアの切手が貼られたその手紙を、私は何度も読み返した。長い時間をかけて書き上げた小説を、ちょうど編集者に渡した直後で、虚脱感にさいなまれていたからかもしれない。余計に心が震えた。死と向き合っている、会ったこともない誰かの膝に、自分の小説が広げられていると知って、気を悪くする作家はたぶん一人もいないだろう。

小説は書き終わった瞬間、どこか遠くのぼんやりした場所へ旅立ってしまう。書いている最中は、うんざりするくらいの執拗《しつよう》さで身体中の細胞にべっとりまとわりついているのに、活字になったら最後、書き手になど未練は見せない。一人取り残された私は、達成感に浸るのも忘れ、ぼんやりとため息をつく。

いったい私の小説はどこへ行ってしまったのだろう、という心配は、刷り上がったばかりの本が届いても、書店の新刊コーナーにそれが並んでいるのを見ても消えない。今頃、散り散りばらばらの言葉の欠けらになって、どこにも行き着けないまま、宙をさ迷っているんじゃないだろうか、とさえ思う。読者のいる場所はあまりにも漠然とし、手をのばしても到底届きはしない。

そんな頼りない気持を立て直す方法はただ一つ。新しい物語を書きはじめることだ。こうして、私は小説を書き続けてきた。

そこに届いたのがヴェネチアからの手紙だった。文面から私は、夜の病室の風景をくっきりと思い浮かべることができた。シーツの白さや、規則正しい機械音や、パイプ椅子の固さを、まるで以前出会った小説の一場面のようによみがえらせていた。そして、お父さんの寝顔をのぞき込む息子の手の中で、私の小説が、月明かりよりももっと微《かす》かな、しかし決して途絶えることのない光を放っているのだ。

ほどなく、私がエッセイを寄せた女性誌の同じ号に、東京で開かれる彼の個展の案内を見つけた。これは意味ある偶然に違いないと勝手に一人で盛り上がり、青山のギャラリーまで出掛けていった。

入り口のドアを開けるとすぐさま彼は私に近寄り、握手をして歓迎してくれた。ガラスの仕事は厳しいからだろうか、手紙から受ける印象よりもたくましく、野性的な身体をしていた。はにかみながら、それでいて情熱を込めてガラスについて語った。

作品はヴェネチアングラスの伝統的な手法のなかに、鋭いテーマを表現したものが多く、懐かしさと新鮮味の両方が不思議な具合に混ざり合っていた。何か話をしたい気持はあるのに、目の前にあるガラスの存在に圧倒され、うまく言葉が出てこなかった。それでもお互い、同じ作品を見つめ合っているだけで、創作者として貴重な時間を共有していることに、ちゃんと気づいていた。

別れ際、二人で写真を撮った。シャッターが押される寸前、

「あっ、ちょっと待って……」

と言って彼がカウンターの向こうに走った。ついさっき、私がプレゼントしたばかりの新刊を手にして戻ってきた。自分の小説が、それを本当に必要としている人の元へ、間違いなく行き着いているのを、私は見届けたのだった。

こんな小説が書きたい

岡山県郷土文化財団が主催している、内田百閒《ひやっけん》文学賞の選考委員をしていて気づくのは、小説の中で岡山弁を表現するのがいかに難しいかということである。喋っている音を忠実に言葉に置き換えると、かえって方言のニュアンスを壊してしまうのだ。岡山弁が持つ独特の雰囲気を伝えようと思ったら、話し言葉とは違う、小説のための言葉を新たに組み立てる必要がある。それがたとえ方言の文法に沿っていなかったとしても、結局はよりすぐれた物語世界を描き出すことになる。

登場人物にどんな言葉遣いをさせるかは、いつでも難しい問題だ。日常会話として不自然でないからといって、リアリティがあるとは限らないし、ほんの小さな一言が、その人物の内面にぱっと光を投げ掛け、物語を思わぬ方向へ導いたりする。

かつて私が出会った小説の登場人物のなかで、最も印象深い喋り方をするのは、村上春樹さんの「午後の最後の芝生」に出てくる中年女性である。彼女は「まるで何かに腹を立てているみたいに」大柄で、無愛想で、どこか謎めいている。

主人公の〝僕〟は彼女の庭の芝生を刈る。彼はこれを自分にとっての最後の芝刈りにしようと決めている。彼の仕事ぶりについて、彼女は次のように感想を述べる。

「でもあんたの仕事っぷりは気に入ったよ。芝生ってのはこういう風に刈るもんさ」

一行だけを書き出しても、この小説における女の存在感は伝わらないとよく分かっているのだが、とにかく彼女は最初から最後まで、変わらずこの調子で喋る。

東京の下町言葉に似ているが、ああいう威勢のよさはない。もっとけだるく、投げやりな感じがする。しかし決して彼を拒否しているわけではなく、むしろ芝刈りという作業を通して、見ず知らずの若者に何らかの情愛を感じてさえいる。ただ自分の胸の内は、かたくなに閉ざしたまま表に出そうとしない。

小説の後半、芝刈りが終わったあたりから、彼女の口調にはひたひたと死の影が忍び込んでくるようになる。

「入んなよ」

〝僕〟は彼女に案内され、鍵の掛かった部屋へ通される。そこで命じられるまま、洋服ダンスや引き出しを開け、部屋の主（だった）らしい女の子のイメージについて語る。

この小説は言葉で人間を説明するのでなく、言葉そのものが人間を表現しているのだと思う。だからこんなにも魅力的なのだ。

小説の材料は日常の手垢《てあか》にまみれた言葉だ。けれど表面上見分けがつかなくても、小説のための特別な言葉が存在するのは間違いない。いい作品を読むとそう実感する。何でもないありふれた言葉が、あるページでは洋服ダンスに吊《つる》された、感じのいいワンピースの陰に巣食う、死の匂いをあぶり出している。ああ、私もこんな小説が書きたいと、心から思う。

本を片付ける

引っ越してきた当初は普通の洋間として使っていた部屋が、書棚からあふれた本や雑誌類に侵食されてゆき、いつの間にか納戸になってしまった。だんだんと壁がふさがれ、目に見える床の面積が狭くなり、掃除機をかけるのも不可能になって、埃がたまっていった。

このままではいけない。何とかしないと取り返しがつかなくなると、部屋をのぞくたび思うのだが、深く考えれば考えるほど途方もない気持に陥り、途中であきらめてしまう。そして手っ取り早く、見なかったことにするのだ。

ほんの短いエッセイが載っただけだけれど、真剣に書いたのだからやっぱり捨てられない文芸誌。ほうぼうの出版社から送られてくる新刊本。いつか何かの資料になるかもしれないと思って捨てそびれた雑誌。それらを納戸へしまう時、私は心を空っぽにする。動揺を隠し、何気ないふうを装い、比較的低いと思われる山の上にそっと置いて、無言で立ち去る。

それらは一つの塊となり、じっとうずくまっている。しかし決しておとなしく降参しているわけではない。その証拠に塊は日に日に増殖し、強固になってゆく。増殖する乱雑さを、見ないことによって許容する能力は、人よりずっとすぐれている自信がある。このまま見ない振りを続けたら、一体どこまでいってしまうのだろうという怖さを、心の底でスリルに置き換えているのかもしれない。

ところがある日、とうとう限界がきた。理由は分からない。たぶん小説がうまく書けなくて、どうしようもないイライラが爆発したのだと思う。あれを片付ける。私は自分にそう宣言した。

一生ページを開くことはないと思われる本は、どんどん段ボールに詰めてゆく。雑誌類もほとんどを紐《ひも》で縛って資源ゴミに出すことにする。しかしなかなか作業はすすまない。片付けても片付けても、強固な塊は小さくなってくれない。

むしろ逆に私の手が入ってすき間から空気が侵入し、膨張しているようでさえある。あるいは、密着しあっていた言葉たちが不意に解き放たれ、蜜蜂《みつばち》のように群れになって襲いかかってきた感じ、と言った方が適切だろうか。しまいには吐き気を催してきた。

こんな小さな部屋にさえ、これだけ言葉が詰まっているのだから、世界はもう足の踏み場もない状態だろう。最初私は空恐ろしくなり、やがて心が軽くなった。だったら私の小説が一つ完成しようがしまいが、たいして変わりないじゃないか。

作業が終わった時、手元に残った自分にとって本当に大切な本は、ごくわずかだった。私の小説が、世界の誰かにとって、本当に大切な本の一冊になってくれたら……。そう願って、私は再びワープロの前に座った。

小説の向こう側

海燕《かいえん》新人文学賞をもらって一年ぐらいたったある日の夜、突然、面識のない編集者から電話をもらった。

『完璧な病室』という短篇集を一冊出したきりで、そのうえ倉敷《くらしき》の田舎《いなか》に住んでいたため、当時私にとって面識があるといえる編集者は、ほとんどいなかった。そんな私の所へ電話をくれるなんて、どういうことだろうと思うだけで緊張するのに、そんなことはお構いなしに、その編集者Y氏は猛烈な勢いで、今の小説への不満や若い書き手への期待や自分の理想についてまくしたて、私を圧倒してしまった。

そして最後にY氏は、「『マリ・クレール』で連載小説をやりましょう」と言った。彼のエネルギーに飲み込まれてしまい、何が何だかよく分からない間に、私は「はい」と返事をしてしまったのだった。

しかし、「はい」とは言ったものの、不安で仕方なかった。連載はもちろん、百枚以上の小説を書いたこともなく、「マリ・クレール」がどういう雑誌なのかもよく知らなかったからだ。更に私は、生まれたばかりの赤ん坊を抱えていた。

あれこれ悩んでいる間にも着々と準備は進められ、バックナンバーの「マリ・クレール」が何冊か送られてきた。その中に、山口哲理氏が書いて下さった『完璧な病室』の書評が載っていた。

私はそれを読んで感動した。自分の小説を評価してくれたからではない。その書評そのものが、『完璧な病室』という小説をくぐり抜けた向こう側に、新たな一つの世界を築いていたからだ。

『完璧な病室』は二十七歳の時に書いた、今読み返すのも恥ずかしいくらい未熟で傷の多い作品だ。そこで書きたかったことは、長い時間胸にためこんでいたので、その間に思いばかりがどんどんふくらみ、言葉を飲み込んでしまったような形になった。言葉と言葉の間に、大事なことがこぼれ落ちてしまったのだった。

山口氏はそのこぼれ落ちたものを、一つ一つ丁寧にすくい上げてくれた。小説として書かれたものの向こう側にある、書かれなかったものを、書評の形で表わしている。そのことに私は感動した。

「S医師」に抱かれることは「弟」に抱かれることだ、という主人公の思いを、あの拙《つたな》い小説から読み取ってくれたのは、山口氏が最初だった。

自分の小説の書評を読む楽しみは、自分が書こうとして書けなかったこと、意図的に書かないでおいたこと、無意識のうちに書き残したことを、見せてもらえるということだ。書評を読むとまた一段と、自分の小説が手から離れてゆく実感を強くする。

山口氏の書評が載った次の号から、私の初めての連載小説はスタートした。

文学と触れ合う場

二〇〇一年二月、倉敷市民会館で、作家の川上弘美さんと公開対談をした。文学について語り合いながら、自作を朗読したり、創作の秘密を打ち明けたり、という自由な会だった。どれくらいの反応があるか心配していたのだが、当日は用意した椅子がすべて埋まる盛況ぶりだった。

私たちが言葉を発するたび返ってくる客席からの反応に、生き生きとした熱気が感じられ、それによってこちらも励まされ、さらに話題が広がってゆく、という具合だった。

小説を発表するようになった最初のころ、大勢の人の前に出て作家がしゃべることには、懐疑的だった。作家にとっては作品がすべてであるし、読者が求めるのもまた、読むことだけではないだろうか、と思っていた。従って、そういう種類の仕事が来るたび、憂鬱になっていた。

ところが最近になって、堅苦しく考える必要もないように思えてきた。ほんの一時間か二時間、文学の好きな人間たちが同じ場所に集まり、生身の作家を目の前にしながら、文学の雰囲気に触れるだけでも、それは意味深いことだ。

文学に関しては、書くにしても読むにしても一人の作業であり、時には同じ嗜好《しこう》を持つ人たちと顔を合わせることで、エネルギーを補給する必要も出てくる。特に地方にあって、文化的なイベントに接する機会が少ないとなおさらだろう。

作家の立場からしても、普段は遠くにいる読者と直《じか》に接するのは、貴重な体験となる。自分の小説が、ともかくだれかの手元に届いている、という実感を得られる。文学の衰退が叫ばれて久しい今日でも、やはり、言葉によって自己を模索する人々は、ちゃんと存在している。

もっと簡単に言ってしまえば、私は小説が好きなのだ。同じように小説を愛する人々と触れ合い、「本当に、小説っていいよね」と言いたいのだ。

すばらしい本を読んだ時、だれかに伝えたいと思う。他者に語ることで感動をさらに確かなものにしようとする。そういうだれかと出会える場が、身近に一つでも多くあるような社会こそ、文化的に豊かだと言える気がする。作品を発表する以外にも、社会に対して作家が果たせる役割は、いろいろとありそうだ。

川上弘美さんをお見送りしながら、私にしては珍しく、大げさな思いにとらわれたのだった。

物語の天使

朗読会や講演会に呼ばれて行くと、お客さんの中に必ず一人、気になる人を見つけてしまう。奇抜な格好をしているとか、うっとりするような美形だから、というのではない。むしろ控えめな様子なのに、なぜか理由もなく、その人の所に目が行く。男性、女性、老人、若者、さまざまな場合がある。舞台に立ち、お辞儀をして顔を上げた瞬間、その人が視界に忍び込んでくる。

連れはなく、会場の真ん中からやや後ろのあたりに座り、静かにこちらを見つめている。その静けさに深みと温かみがある。無理な期待を押しつけるのではない、ゆったりとした雰囲気と、慎ましさが感じられる。

「さあ、大丈夫ですよ。心配はいりません。私はここにいますから」

まるでそんなふうに語りかけられているような錯覚に陥る。私は自分を落ち着かせるため、途中何度もそこへ視線を送る。

その人はいつもすばらしい質問をする。会場がしんと白けている時には、場を活気づけるような質問を、雑然として締まりがない時には、全体をうまくまとめて完結させるような質問を。

そしてすべてが無事に終わり、ほっとした時にはもう、姿を消している。

その人はきっと、物語の神様が差し向けた天使なのだろう。私にもちゃんと味方がいることを、教えてくれているのだ。そう、思うようにしている。

書店の役割

倉敷に住むようになって十五年近くなり、町の雰囲気にも馴染《なじ》んできたのだが、ただ一つ、気に入った書店がない点だけは、解決されない不満として残っている。学生時代、東京にいたころは、何気なく目についた書店に入り、ぼんやり棚を眺めているうち、不意にすばらしい本を見つけるという体験をしばしば味わった。残念ながら倉敷では、滅多《めった》にそういう幸運には出会えない。

大型書店ばかりがいい本屋とは限らない。もちろん何でもそろっている安心感は大切な要素だが、むしろ規模は小さくても、店主の個性がにじみ出た、独自の雰囲気を持つ店の方が、より刺激的な出会いを演出してくれるように思う。ただ単純にベストセラーを平積みにしてあるだけでは、何のおもしろみもない。私の理想は、発行部数や宣伝の大きさになどかかわりなく、「おや、これは……」と、こちらの感性に引っ掛かってくる本に、ちゃんとスポットライトが当たっている書店だ。もっとも、今では東京でさえ、理想の書店は次々と姿を消しているようではあるが……。

最近は、書評欄などで気に入った本をチェックし、インターネットで注文することが多くなった。三日もすれば宅配便で届けてくれるので、重い本を自ら運ぶ手間が省けるし、送料は書店まで出向く交通費だと思えば、気にならない。

ただ、求める本が手に入っても、何とも言えない空《むな》しさは残る。やはり、書物の海を自分の身体でさまよい、予期せぬ発見によって手にした本ではないからだろうか。

拙著のフランス語版を出してくれている出版社の招きでパリへ出掛けた時、文芸誌などのインタビューの合間に、書店で朗読会をしたのが、思いのほか印象深い経験となった。

初老のマダムが切り盛りしている、こぢんまりしたお店で、一目で、良質の本を地道に扱っている様子が伝わってきた。たいして宣伝もしていないのに、五、六十人ほどのフランス人が集まり、私の朗読に熱心に耳を傾けてくれた。会が終わると、飲み物とスナックを表に並べ、お客さん、編集者、書店の店員さん、皆が一緒になり、文学について談笑したのだった。

初夏の夕暮れ、お互い初めて会った者同士が、文学への愛情をつながりとして集まり、語り合う。パリのあの小さな書店は、衰退が言われて久しい文学が、人々の心に深く根付いている事実を、間違いなく証明していた。

『まぶた』とウィーンの関係

二〇〇〇年春、仕事でパリへ行ったついでにウィーンに立ち寄り、ほんの二、三日、何をするでもなくぼんやり過ごした。直接パリへ入ってもよかったのにそうしなかったのは、オーストリア航空のチケットが安かったのと、ウィーンに住む友人Kさんに、会いたかったからだ。

Kさんとは、一九九四年、アンネ・フランクの足跡をたどる旅をした時、コーディネーターと通訳をお願いしたのが縁で知り合った。フランクフルト、アムステルダム、アウシュヴィッツと続いた取材は、かつて自分が経験したことのない、特別な時間の流れに身を投じる旅となった。

行く先々で私が直面したのは、どうしても拭《ぬぐ》い去れない死の記憶だった。それは音もなく降り続く雨のように、胸にしみ込んでいった。Kさんはそうした感触を私と共有したうえで、疲れた様子は一切見せず、的確な通訳をこなしてくれた。死について語られる言葉を聞き取り、受け入れることができたのは、Kさんのおかげだった。

すべての予定を終え、ウィーンまでたどり着いた時、達成感や安堵《あんど》感はなかった。疲労さえ忘れていた。もっと厳粛な、畏《おそ》れにも似た心持ちを抱えていた。フロイト博物館の近くにあるアパートで、手料理をご馳走《ちそう》になりながら、私たちは見聞きしてきたものについて語り合い、繰り返し死の感触を掌《てのひら》ですくい上げていった。

ホテルへ戻るため外へ出ると、初夏の陽はまだ沈んでおらず、澄んだ光がヴォティーフ教会の二本の尖塔《せんとう》を照らしていた。たまたまKさんの知り合いの老婦人が通りかかり、二人は抱擁を交わした。

「最近、見なかったわね。元気？」

「ええ。ちょっと旅に出ていたものだから」

「まあ、そう」

そんな会話をしつつ、数十年振りに巡り合えた親友同士のように、老婦人はしっかりとKさんの身体を抱き締めた。

欧米では珍しくもない、ただの挨拶だった。なのに私はその風景に見とれていた。目の前にいる老婦人が、人間が示すことのできる最も美しい生を、証明してみせているかのようだった。

いつの間にかあれから長い年月がたってしまった。相変わらず私は小説を書くことにしがみついている。そしてKさんは、本来趣味だった生け花を、仕事の中心に据えた生活に変わっていた。再会を果たした時、Kさんはあの時の老婦人と同じように、私を抱擁してくれた。

思慮深い物腰は同じだったが、どこかどっしりとした雰囲気が加わっていた。早朝、郊外の市場まで大量の花を仕入れに行き、それらを契約したホテルやレストランやブティックに運んで一人で飾り付けるのは、かなりの重労働らしかった。肉体と感性の両方をバランスよく働かせている人特有の生気が、みなぎっていた。

夕食の前に、アトリエへ案内してもらった。一七八四年から八七年までモーツァルトが暮らし、「フィガロの結婚」を作曲した、〝フィガロ・ハウス〟の上階がアトリエだった。既《すで》に見学時間を過ぎて人気のない階段を昇り、中庭を囲む廊下を進んでいった。玄関扉の脇に、恋人の芸術家が作った石の彫刻が飾ってあった。

中は極限まで装飾が排除されていた。白く塗られたままの壁はそれだけが一続きのオブジェとなり、カーテンも一枚の絵画もなく、フラワー・アーティストのアトリエでありながら、花さえなかった。ただ天井に届くほどの笹《ささ》が、中央の壺《つぼ》に生けてあるだけだった。夢をドイツ語で見るほどのKさんなのに、そこは日本的な空白の美に満ちていた。

窓辺に腰掛け、私たちは昔の旅について語り合った。もう何度も話題にしてきたはずの話を、新鮮な気持でまた繰り返した。当然、音楽はモーツァルトを流した。窓の向こうには石畳の路地がのび、シュテファン大聖堂の鐘の音が響いてきた。

以上のようないきさつから、短篇集『まぶた』の中には、ウィーンの登場する小説が二つ入っている。

小説がうまく書けず途方に暮れる時、遠く離れた街に住む友人のことを思い浮かべる。その人が花を生けていると思うだけで、安堵してまた書けるようになる。

お姫さまと嘘

子供の頃の、お姫さま好き、がいまだに抜けきらず、それが小説『貴婦人Aの蘇《そ》生《せい》』を書くきっかけになった、と正直に打ち明けたら、笑われるだろうか。貴婦人Aとは、ロマノフ王朝最後の皇女として有名な、アナスタシアを表わしている。ロシア皇帝ニコライ二世の四女に生まれ、幸せな少女時代を送ったが、一九一七年に勃《ぼっ》発《ぱつ》した革命のため、十七歳で家族ともども射殺された。

金箔《きんぱく》に覆われた宮殿、専用ヨットでの避暑、お茶の時間に出される甘いお菓子、毎日取り替えるサテンのリボン、家庭教師との勉強（つまり学校へ行かなくていいこと）、庭園の湖に浮かぶ子供たちだけの島、母親アレクサンドラ皇后の頭に輝く王冠……。アナスタシアについての書物をひもとけば、子供時代、わくわくしながら心に描いた世界が、次から次へと飛び出してくる。

生まれて初めて女の子が出会う物語には、必ずお姫さまが登場すると言ってもいい。名前も分からない、どこか遠い森の奥に、一人のお姫さまが暮らしていました、という一行から、いつだって物語は始まるのだ。彼女の存在なくしてどうやって、天蓋《てんがい》付きベッドに差し込む月明かりや、お城の跳《は》ね橋が軋《きし》む音や、継母《ままはは》の邪悪について、思いを巡らすことができるだろう。お姫さまは、広大な想像の世界へ羽撃《はばた》いてゆく際の、水先案内人に他ならない。

本を読みながら私はよく、舞台となるお城の見取り図を、チラシの裏に書いて楽しんでいた。主人公の部屋は二階の東の角にあって、続きの間が専用の図書室で、書棚の一つは回転式隠し扉になっており、城外へ出る秘密通路につながっている。食堂は晩餐会用《ばんさんかい》、プライベート用、朝食用、お茶会用と四つあって、渡り廊下の向こうが舞踏室、ビリヤード室、葉巻部屋で、塔のてっぺんには時計室、地下には武器庫、それからそれから、という具合に見取り図はどんどん広がってゆき、チラシを何枚もセロハンテープで貼り合わせなければならなかった。

親の趣味の問題か、ただ単に経済的な理由からか、お人形は買ってもらえず、想像を膨らませる手助けになるのは言葉以外になかった。そのため、お姫さまの顔立ちについては興味がなく、代わりに彼女が生きている空間の方にこだわりが集中したようだ。壁紙の模様から絨毯《じゅうたん》の材質、光の加減から風の匂いまで、あらゆる細部が途切れなく浮かび上がり、やがていつしかそこに、自分だけの物語が生まれているのを発見するのだった。

従って『貴婦人Aの蘇生』を書き始めるに当たり、最も悩んだのは主人公をどんな家に住まわせるかだった。主人公のユーリ伯母さんはかなりあくの強い人なので、それに釣り合う底力を秘めた家を考え出す必要があると思われた。

長編であれ短編であれ、私にとって小説を書くのに何より重要な問題は、場所の決定である。そこさえパスすれば、話は自然と動きはじめる。反対に、いくら登場人物たちの姿が明確であっても、彼らの動き回る場所があいまいなままでは、一行も書き出せない。これから自分が描こうとしている物語にふさわしい空気とはどんなものなのか、白紙の原稿用紙を前にして思い悩む時間は、辛《つら》くもあるが喜びでもある。小説を書く作業は、一つの世界を作り上げるに等しいのだ、という事実を噛み締めることができる。

ユーリ伯母さんの家は、剥製《はくせい》に占拠された猛獣館、になった。そのイメージがどこからやって来たのか説明するのは難しいのだが、とにかく彼女の周囲に撃ち殺された猛獣たちの死骸《しがい》を配置すると、すべてがしっくり収まった。あとはせっかく浮かんだイメージが消えないように、急いでチラシを貼り合わせればいいのだ。

もう一つ、今回の小説でキーワードになるのは、嘘《うそ》である。私はその問題については、寛大な方だと思う。嘘つき呼ばわりされるのを最大の侮辱と受け取る人もいるだろうが、私ならば、

「じゃあ嘘をつかないのはそんなに偉いことなのか」

と、言い返してやるだろう。

小学生の頃、よく仮病を使った。主に学校を休むためだった。給食のあと、具合が悪くなった振りをして早引きすることもあった。あちらこちらの教室から、九九を暗唱したり、リコーダーを吹いたりする音が響いてくるのを耳にしながら、人気のない運動場を一人横切って歩くと、独特な心持ちに陥った。ランドセルの中で鳴る筆箱の音が、意味深いものに聞こえるような、自分が少し、大人になったような気分だった。

同級生の中に、とてつもない嘘をつく女の子がいた。私が使う仮病などとはスケールが違った。中でも印象に残っている一つに、

「私の従兄《いとこ》はビートルズの友だちだ」

というのがある。ジョンやポールでなく、ビートルズの友だち、というあたりが可愛らしくもある。アメリカの大学に留学している時、知り合ったらしい。

「でもビートルズは、イギリス人よ」

責めるふうではなく、むしろ遠慮気味に、一人が小さな疑問を口にした。

「あっ、だから、アメリカを演奏旅行中に知り合ったわけ」

と、すぐさま説明がなされた。

皆も彼女の嘘には気づいていたはずだ。けれどあからさまに非難する子はいなかった。むしろ決定的な矛盾を暴いてしまうのを恐れ、話に深入りしないよう、用心し合っていた。それぞれが自分の心の中で、彼女の嘘を処理していた。そして当の本人は、そんな私たちの気持を知ってか知らずか、さっぱりした表情をしているのだった。

どういういきさつからだったか、彼女の本当の家を見せてもらいに行ったことがある。今住んでいるのは仮住居《ずまい》で、町のはずれにある千坪くらいの洋館が、本当に彼女の住むべき家なのだそうだ。

二人きりでかなり遠くまで歩いた。陸橋を渡り、お宮を過ぎ、学区の外に出て電車通りに突き当たっても、それらしい洋館が登場する気配はなかった。彼女は平気な様子だったが、私は、もし彼女が自分の嘘を認めざるを得ない状況になってしまったらどうしようかと、心配になってきた。夕暮れも近づいていた。分かり切った嘘の正体が暴かれる残酷さに比べれば、騙《だま》された振りをしている方が、ずっと楽だった。

しばらく電車通りを歩いている時だった。不意に気色の悪い大きな音がして、振り向くと、中年の男が車に轢《ひ》かれ、道の真ん中に倒れていた。あっという間に野次馬が集まってきたが、私たちは恐ろしくて近寄ることができなかった。人垣の隙間から、半分脱げかけた黒い革靴が見えた。

どちらが言い出すともなく、私たちは元来た道を引き返した。

「本当のお家を見せてもらうのは、また今度にするわ」

私が言うと、彼女もうなずいた。

あのまま何も起こらなければ、彼女は千坪の洋館をどこから引っ張ってくるつもりだったのだろう。あるいは彼女が描いたストーリーの中に、交通事故もちゃんと織り込み済みだったのだろうか。

彼女がその後どんな人生を送っているのかは知らない。人をおとしめようとするのでなく、自分を現実から救い出そうとするのであれば、そんな彼女のために、嘘が何らかの役割を果たしていてくれればいいが、と私は願う。

ご褒美

冬のボーナスの季節になると、〝今年一年がんばった自分へのご褒美に〟などというタイトルで、宝石やバッグの特集をする女性誌が目につくようになる。自分で自分にご褒美を買ってあげられるなんて、うらやましいと思う。

二〇〇〇年の私の仕事は、長編の書き下ろしが一冊、短編が一つ、エッセイがいくつか、そして連作集の『偶然の祝福』。

よくがんばったなあ、と言って褒めてくれる人は誰もいない。次に書くべき一行を思案していても、人からは、ただぼんやりしているだけのようにしか見えないらしい。けれどこんなふうに愚痴をこぼしていると、ならばお前は、人に褒めてもらいたくて小説を書いているのか、と怒られそうだから、注意が必要だ。

果たして、自作を目の前にして、満足げに自分の頭をよしよしと撫《な》でている作家などいるのだろうか。いや、もしかしたらたくさんいるのかもしれない。むしろそれが普通であって、私のように本ができるたびうちひしがれているのは、作品の未熟さを露呈しているにすぎないのだろうか。

最初、『偶然の祝福』に犬を登場させるつもりはなかった。ところが書き進むに従い、こちらの思惑を超えて、小説を書くという行為そのものに触れる作品になりそうな予感がしたので、全体の濃度を中和するために、一つの言葉も持たない存在が必要になったのだった。

アポロは賢い犬だ。赤ん坊を優しく扱うし、おとなしく留守番もできる。泣いている主人を、利口ぶってこれ見よがしに慰めたりもしない。一度大変な病気にかかるが、〝偶然の祝福〟を受け、見事治癒する。自分の領分をわきまえ、余計な口出しはせず、散歩の時間が近づいた時だけ、小さく鼻を鳴らす。あとは茶色い瞳に映るあれこれを、すべて沈黙の中に収めている。

登場人物たちはみな、冷淡で情けない人間ばかりだから、せめて犬くらいは理想的に描きたかった。人間に尽くすのを喜びとする最も知能指数の高い犬、として我が家にやって来たラブラドール、ラブ（オス）に裏切られ続けてきたこの三年の苦労を思えば、小説の中でささやかな理想を語るくらいのことは、許されるだろう。

装丁にあるアポロのイラストは、おしりがでっぷりしているところだけ、ラブに似ている。ラブはこれほどバンダナが可愛く似合いはしない。首に贅肉《ぜいにく》がつき過ぎているせいで、バンダナはすぐによれて、たるみの間に食い込んでしまうのだ。

冬が来て、日が短くなるにつれ、ラブが散歩を催促する時間もどんどん早くなる。一日分のノルマを果たせず、イライラしている最中にクンクン鳴かれると、集中が途切れて余計に書けなくなる。人に尽くす喜びなどお構いなく、そこら中を跳ね回り、クンクンはやがてヒーヒーからキーキーという悲鳴に変わってゆく。とても犬が出す声とは信じられない。熱帯雨林の派手な鳥が、求愛しているのかと錯覚する。

根負けしてワープロのスイッチを切り、玄関を開ける私を発見した時の彼の喜びようは、どんな作家でも表現することは不可能であろう。この世界にこれほどの喜びが存在しているとは、まるで奇跡のようだと思いながら、私は立ちすくむ。

「さあ、奥さん。小説のことなんか忘れましょう。小説が一体どうしたって言うんです。散歩ですよ、散歩。世界を支えているのは、散歩なんです」

リードをつけ、歩きはじめてからも、いつ私の気が変わるかもしれないとでも言うように、何度となくこちらを見上げる。

「よろしいか、奥さん」

そのたび、ラブの湿った口元が、膝の外側に当たって温かい。

月末、フィラリアの薬をやった。餌《えさ》の上に載せると、ドライフードの粒より三倍くらい大きい真っ白い錠剤は、いかにも苦そうに見える。飼いはじめた当初は、警戒して食べないのではと思ったが、そんな心配は無用だった。ラブは警戒などせず、一気に食べる。

「ラッキー」

むしろ、うれしがっているようでさえある。月に一度の、ご褒美だと思っているのかもしれない。

フーヴォー村と泉泥棒

Fuveau、と書いて正確にどう発音するのか、いまだに覚束《おぼつか》ないのだが、二〇〇三年の九月、フランスのプロバンス地方にあるそのフーヴォー村へ行ってきた。そこで開催される文学フェスティバルに招待されたからだ。

そういう類《たぐい》の招待が来ると、趣旨やスローガンや他の出席者やプログラムなど、大事な問題についてはほとんど考えずに、よさそうな所だし暇だから行ってみようか、という程度で参加の返事を出してしまう。もっとも、厳密に内容を吟味しようにも、貧弱な語学力のため、招待状を解読できないのが真実なのだが。

翻訳家のローズ・マリーさんと一緒にパリからTGVに乗り、エクス・アン・プロバンスの駅に到着すると、いかにも南仏の太陽がよく似合う感じの、愛想のいいおじさんが迎えに来てくれていた。手際よくスーツケースをトランクに押し込め、氷河期まで遡《さかのぼ》る村の歴史について説明しつつ、時折道端に咲いている花を指差したり、明日からのお天気を心配したりしながら、ホテルまで車を走らせた。村役場の観光課の人なんだろうと思っていたら、途中でおじさんが、フェスティバルの実行委員長の、村長さんであることが判明し、驚いた。と同時に、村長さん自らが送迎係をしているくらいだから、きっと堅苦しくない、和《なご》やかなフェスティバルなのだろうと、安堵もした。

フーヴォーは、エクス・アン・プロバンスからもマルセイユからも車で二、三十分のところにある、丘陵の中腹に広がる小さな村である。小さな村、という言葉が本当に美しくぴったりと当てはまる。メインストリートはほんの数十メートルほどしかなく、オリーブ林の間に可愛らしい石造りの家が点在し、空の向こうには、セザンヌの愛したサント・ビクトワールの稜線《りょうせん》がのびている。

フェスティバルの会場は村の中心にある公民館のような建物だった。メインテーマが「日本」なので、会場はお相撲さんの絵や着物や竹で飾り付けられている。どれも洗練はされていないし、微妙にピントもずれているのだが、だからこそ余計、遠い国から来た作家たちを精一杯迎えたいという人々の温かい気持が、伝わってくるようだった。司会進行は、ショートカットの赤毛がチャーミングな、村長さんの奥さんがつとめた。

三日間のフェスティバルの期間中、私たち日本人作家は、シンポジウムに参加したり、サイン会をしたり、村の学校を訪問したりした。しかし私の心に深く刻まれたのは、自分が何をしたかではなく、村人たちがどんなふうに私たちに接してくれたか、ということだった。

例えば、メインストリートにテントを張って行われたサイン会では、本の販売からお金の管理、飲み物の手配まで責任を持つボランティアが、一人の作家に必ず一人ついた。初日、私の担当になったのは、小柄で品のいい、物静かな中年女性だった。毎年この文学フェスティバルの手伝いをしているらしく、「こうして作家の人たちのお役に立てるのが誇りです」と、はにかむように言った。更に、机に積み重ねたフランス語版の私の小説を手に取り、「これも、これも、読みました」と言ってくれた。

いいえ、私など、誇りに思ってもらえるような作家ではありません。そう答えようと思ったが、何せ言葉が不自由なので、メルシー、メルシーを繰り返すしかなかった。自分の小説を読んでくれた人が、言葉の通じない人であることの喜びは計り知れない。そのボランティアの女性こそ、私に誇りを与えてくれた存在だった。

ホテルから会場まで、移動用の車を無料で提供していたのは村のとある会社だった。配達された重い本の束を会場に運んでいるのは、体力のある若者たちだった。学校訪問の時、通訳をしてくれたのは、日本に留学経験のある学生や、近郊の大学で学ぶ日本人たちだった。数えきれない大勢の人々の善意が、文学を愛する心で一つになり、小さな村のフェスティバルを支えていた。

更にまた印象深いのは昼食で、時間になるとボランティアも役場の人も作家も村長夫婦も皆、大型バスに分乗し、オリーブの枝がガラスにこすれて折れるような小道を走り、村のはずれまで移動する。そこは村の大地主の館《やかた》、といった風情《ふぜい》のお屋敷で、その広々とした庭でランチをご馳走になるのである。

庭に入ってすぐ、泉が目に飛び込んでくる。澄んだ深緑色の水面にプラタナスの梢の影が映り、地底から湧《わ》き出てくる水が幾重もの輪になってさざ波を起こしている。浮かんだ枯葉や小枝が、ゆっくりと流されてゆく。目をこらすと、小さな魚が光のすき間をすり抜けてゆくのが見える。

泉そのものが、まるで一つの生き物のようだった。本物の泉に出会うのは生まれて初めてだった。降り注ぐ光の祝福を浴びるその泉のそばから、私はしばらく動くことができなかった。

館の女主人は見事な白髪、一切の混ざり物を許さない完全なる白髪の持ち主だった。やはり毎年、フェスティバルのためにこうして場所を提供しているらしい。クラシックなデザインのツイードのスーツを着て、白髪をきれいな内巻きにセットし、杖《つえ》をついて私たちを迎えて下さった。ズボンに半袖《はんそで》のTシャツという旅人のままの姿だった私は、申し訳ない気分になった。

「すばらしい泉ですね」

まず最初に、そのことを伝えないではいられなかった。女主人は杖を握る手に力を込め、大きく二度も三度もうなずいた。いくらうなずいても、白髪は一本たりとも乱れなかった。

「つい最近も、危うく泉泥棒にやられるところでした」

もぞもぞとした口振りで女主人は言った。

「えっ、泉泥棒？」

「はい、そうです。すんでのところで捕まえました」

確かにあれほど美しい泉なら、泥棒したくなる気持も分からないではないが、いったい泉泥棒とは……。

その時、食事の支度が整った合図があり、テーブルへ促されたために、その意味について尋ねるタイミングを失った。

「さあ、あちらへどうぞ」

地面に落ちたプラタナスの葉を、杖の先でかさこそ鳴らしながら、女主人は私たちの先頭をゆっくりと歩いていった。

テーブルクロスの上で木漏れ日が揺れ、ミツバチが遠慮深げにワイングラスの縁に止まり、あちこちから絶えず笑い声が上がっていた。私の席からは女主人の曲がった背中が見えた。彼女もたぶん、笑っていたと思う。

最後、料理を作ったレストランのシェフと、彼の息子さんが挨拶をした。息子さんはまだ十二歳ほどの子供だったが、立派にお父さんのお手伝いをしたので、皆心からの感謝を込めて拍手をした。少年が被《かぶ》っていた白い帽子に、参加者全員でサインをした。

これから先少年は、漢字混じりのそのサインを眺め、九月の素晴らしいランチのことを、時折は思い出してくれるだろうか。遠い国日本から自分の村にやって来た、小説を書く人々のことを、いつまでも忘れないでいてくれるだろうか。

フーヴォー村で出会った景色と、女主人がつぶやいた泉泥棒、という言葉だけを頼りに、私は『ブラフマンの埋葬』を書いた。フーヴォー村への感謝の気持を表現するつもりで書いた。自分にとっての大事な記憶を、小説に変えて残すことができる作家の幸運を、私は今かみしめている。

沈黙博物館に閉じこめられる

振り返ってみれば、人がどこかに閉じこもる、または閉じこめられる話をたくさん書いてきたなあと思う。病院、図書館、学生寮、島、標本室……。登場人物たちは皆、ある時は止《や》むに止まれぬ事情から、またある時は本人も気づかないまま、それぞれの場所に身を潜めることになる。

どうしてなのか、自分でもうまく説明できない。ストーリーの流れを追うのでなく、一つの区切られた世界を築くため、言葉の壁を積み上げてゆくような感覚で、いつも書いているからだろうか。

ただ、最初から意図した結果ではなく、仕上がってみたら、ほとんど無意識のうちにそうなっていた、というのが事実である。たいてい、刷り上がったばかりの本を手にする時は、本当に自分はこんな物語を書いたのだろうかと、不思議な気持に陥る。

書き下ろし長編、『沈黙博物館』もまた、例外ではない。最初の一行を書き付ける寸前まで、これが博物館に閉じこめられる人の話になるなどとは、思ってもいなかった。

以前から博物館に興味を抱いてはいた。どんな種類の博物館でもいい。知的好奇心からというより、単にそこをふらふらしてみたいために、切符を買ったことが何度かある。

まずあの静けさと清潔さが貴重だ。いくら外が騒がしくても、一歩中に入れば、上質な静寂が保たれている。床や展示ケースは磨き上げられ、中世ヨーロッパの聖遺物でもイグアノドンの骨の化石でも、すべてがあるべき場所に収まり、余計なものは一つも見当たらない。博物館はいくらでも無口でいられる自由を与えてくれる。

しかし最も強く私の心を引き付けるのは、展示室の片隅にあるパイプ椅子に、じっと腰掛けている人々だ。時に彼らは展示物よりも魅惑的な存在として、私の視界に映る。

彼らの正式な呼び名が何というのか知らないが、たぶん、展示物を傷つけたり持ち去ったりする不届き者がいないか、監視しているのだろう。でも彼らが身体を動かし、何らかの働きをしている姿を見たことは、一度もない。いつもただ、黙って座っているだけだ。もしかしたら博物館規約に、〃〇〇㎡あたり一人の人員を配置すべし〃と定められていて、仕方なく座っているのかもしれない。

時折、椅子だけ置いてあって、人の姿が見えないことがある。もちろん誰にだって休憩は必要だが、あの空洞、不在感は私を不安にさせる。さっきまでここにいたはずの人は、ちゃんと再び戻ってこられるのだろうか、どこか静けさのすき間から、遠い世界へ吸い込まれてしまったのではないだろうかと、心配になる。

もっと困るのは、背筋をのばし、きちんと真面目《まじめ》に役割を果たしている彼らの前を通り過ぎる時、人差し指で、頬をちょんちょんと突いてみたくなることだ。絶対やっては駄目だと分かっていながら、駅のホームの非常ベルを押したり、扇風機の羽根に指を突っ込んだりしてしまいそうになる気持と似ている。ちょっと油断すると、本当にやってしまいそうで、胸がドキドキする。

「ご機嫌いかがです？」

妄想の中で私はそうささやき、微笑みを送っている。頬を突かれた人は、驚きの声も上げず、迷惑そうな表情も見せず、心持ち目を伏せるだけで、何事もなかったように座り続ける。

長編小説を書くのは、長い妄想に浸っているようなものだ。終わりが近づいてくると、これが本当に仕上がった時、私の座るべき椅子は、あの片隅に残っているかしら、と考えるようになる。もし残っていなくても、別に不都合はないのだけれど。『沈黙博物館』が完成したのは、ちょうど夕方だった。特別な感慨に浸る間もなく、犬がクンクン鳴きだした。私はいつもの通り、犬と一緒に散歩した。

アンネ・フランクへの旅

アンネ・フランクが書き残した言葉

生前、一度として訪れることもなかった遠い東洋の国日本で、自分の日記がお芝居（二〇〇一年七～八月、東京のサンシャイン劇場にて劇団民藝による公演が行われた）になり、日本人の少女が自分自身を演じているのを知ったら、アンネ・フランクはどんなふうに思うだろう。

わたしの望みは、死んでからもなお生きつづけること！

十四歳の時、そう日記に記したアンネだから、夢が絵空事で終わらず、見事に実現しているさまに、感動するだろうか。あるいは舞台の主役として、大勢の人々から拍手を受けている姿に、誇りを感じるかもしれない。

確かに、彼女の望みはかなった。日記はあらゆる国の言語に翻訳され、六十年以上たった今でもその存在感は薄れることなく、多くの人々の心をとらえている。更にアンネの名前は、ホロコーストのシンボルにさえなっている。世界中どこかの図書館で、教室で、劇場で、彼女の書き残した言葉たちは光を放ち続けている。

しかし、こうした現実を理解したうえでもなお、彼女が既に生きていないという悲しみを、紛らわすことはできない。日記がベストセラーになどならなくてもいいから、利発で愛らしい一人の少女に、生きていて欲しかった。誰にも彼女の豊かな才能を断ち切る権利など、なかったはずだ。そんなふうに思わずにはいられない。

アンネ・フランクに対し、なぜ私が深い思い入れを抱くのか。その理由は、日記の中に描かれた彼女の姿が、あまりにも生き生きとしているからだ。思春期の少女の内面が、これほど鮮やかに描き出された文学を、私は他に知らない。

どのページを開いても、アンネの息遣いが体温とともに伝わってくる。自由への渇望、死の恐怖、大人たちに対する反発、ペーターとの恋……。身体が隠れ家に閉じこめられていたのとは裏腹に、心は豊かに反応し、成長していた。それをアンネは言葉で表現してみせた。読者はページの向こうに立ち現われる少女と時代も境遇も越えた心の深い部分で、共鳴し合えるのだ。

言葉が自分を表現するための忠実な道具となってくれること、なにものにも侵されない自由を与えてくれることを、私に教えてくれたのが『アンネの日記』だった。一番最初に本を手に取った時、同じ年頃でありながら、彼女がずいぶんお姉さんに思えた。死んだアンネの歳を二、三年追い越してから、だんだん実感を持って日記を読み返せるようになった。中学時代の混沌としていた自分の精神状態を、改めて日記を通して意味付けできるようになっていた。

あっという間にマルゴーの歳を追い越し、アンネを産んだエーディトの歳も追い越してしまった。けれどアンネの姿が遠のくことはなかった。いつでも彼女は、私に書く喜びを与えてくれた大切な友人として、すぐ近くに存在していた。そしていつしか私は作家になっていた。

一九九四年の初夏、書く行為を自分自身に問い直すため、私はアンネ・フランクの足跡をたどる旅をした。フランクフルトの生家、アムステルダムの隠れ家、支援者ミープ・ヒースさんと、親友ジャクリーヌさんとの面談、さらにポーランドのアウシュヴィッツ……と続く旅の間中、私はもの言わぬ死者たちと向き合っていた。隠れ家へ続く薄暗い階段の一段一段に、アウシュヴィッツの引き込み線路に生えた、小さな野の花一つ一つに、死はしみ込んでいた。

それらを前にして私がひるむことなく、しっかりと目を開けていられたのは、アンネの存在があったからに他ならない。この場所で彼女は何を思ったのだろう、どれほど苦しんだのだろう、と想像することは、経験しなかった遠い日の戦争を、少しでも自分に引き寄せて考えるための助けとなった。アウシュヴィッツの展示室に山積みされた髪の毛を見た時、量の多さに圧倒されるだけで終わらず、刈り取られた一人一人の未来に思いを馳《は》せたのは、やはり、隠れ家にも化粧ケープを忘れなかった、お洒落《しやれ》なアンネの姿が胸にあったからだ。

日記に出てくる様々な出来事の中で、私の心に最も強く刻まれているのは、九つの誕生日にアーヘンに住むお祖母《ばあ》さんからプレゼントされた万年筆を、アンネが間違ってストーブにくべてしまうエピソードである。アンネの魂を自由にはばたかせることのできた、かけがえのない万年筆だった。ショックは大きかったはずだが、アンネはユーモアさえ交えながら、〝わが万年筆の思い出にささぐる頌歌《しようか》〟と題して、その体験を一つの物語に作り上げている。

たったひとつ、ささやかながら慰めがあります。わたしの万年筆は、火葬に付されたということです。わたしもいずれは火葬にしてもらいたいと思っていますから。

一九四五年、ベルゲン＝ベルゼン強制収容所でチフスに倒れたアンネは、他の収容者たちの遺体とともに、死体投棄穴に放り込まれた。万年筆ほども、手厚く葬られることはなかった。

もし万年筆が焼けなかったら、アンネも助かっていたんじゃないだろうか、などという幻想に、時折とらわれる。アンネの手に万年筆がしっかり握られてさえいたら、たった一つ、せめて書く自由だけが奪われずにいたら……と。

お芝居の幕が閉じた時、おそらく私は、日記の最後のページを読み終えた時と同じ心持ちに陥るだろう。アンネがもういないことに、今初めて気づいたかのような、喪失感に襲われるに違いない。

アンネ・フランク・ハウス　たった一人の少女

アムステルダム特有の建築様式が生み出した『アンネの日記』

オランダ、アムステルダム市プリンセンフラハト263番地に建つそれは、規則正しく二列の窓が並ぶ、さしたる特徴もない細長い建物だった。運河沿いに続く町並みに溶け込み、差し出がましい自己主張など一切せず、他の建物と等しく太陽の光を浴びていた。

なのに数えきれない大勢の人々が、特別な何かを求めるように、263番地を目指し、角にある西教会の向こうまで続く長い行列を作っていた。先生に引率された小学生たち、バックパッカー、団体旅行客、カップル、親子……あらゆる人間たちが辛抱強く、順番を待っていた。十五分おきに人々の頭上を、西教会の鐘が響き渡った。アンネ・フランクが〝忠実なお友達のよう〟と日記に書いた、鐘の音だった。

二十世紀最良のベストセラー『アンネの日記』が生まれた要因の一つに、アムステルダム特有の建築様式が関わっているのは間違いない。ナチス・ドイツのユダヤ人狩りから逃れるため、フランク一家が隠れ住んだのは、父親オットーが経営する会社の事務所の裏側、オランダ語で〝後ろの家〟を意味する〝ヘット・アハテルホイス〟と呼ばれる場所だった。事務所は運河に面した部分と裏側に面した部分がドッキングした造りになっており、その後ろ側の三階と四階を隠れ家にしたのである。こうした独特の構造を利用して、オットーはドイツ軍の目を欺《あざむ》こうとしたようだった。

隠れ家には台所とトイレが備わっていた。フランク一家に加え、ファン・ダーン一家と歯科医のデュッセル氏、計八人が曲がりなりにも一緒に暮らせるだけのスペースがあった。もちろん、事務所に人が出入りしている間は水など流せないし、アンネは気難しい中年男性デュッセル氏と部屋を共有するという、不自由さに耐えなければならなかった。

アンネを人間として急速に成長させた〝後ろの家〟での生活

当時、家族全員が同じ場所に、しかもアムステルダムの中心部に隠れ住むのは稀《まれ》な例だった。多くは親と子がバラバラになり、地方の農村へ潜行した。一九四四年八月四日、秘密警察に踏み込まれるまで、アンネが家族と一緒に過ごせ、他の住人たちとの共同生活によって人間生活の複雑さを学び、更にペーター少年との恋愛に喜びを見出せたのも、〝後ろの家〟があったからだった。そしてこの大胆な計画が実行に移せた唯一最大の原動力は、オットーの会社に勤める人たちが全員、秘密を守り、命の危険を恐れず潜行生活を支援したことにあった。

空間の窮屈さと反比例するように、アンネは日記の中で、深遠な人間の内面に足を踏み入れてゆく。言葉の世界だけが、彼女に本物の自由を与えることができた。両親からの自立、異性へのあこがれ、大人たちの醜い諍《いさか》い、死の恐怖、差別に対する怒り、支援者たちへの感謝、将来の希望……。たった二年あまりの間に、しかも閉ざされた生活の中で、アンネは実に豊かな感情を経験し、それらを生き生きと言葉で表現した。隠れ家に潜んでいたからといって、ただじっとうずくまっていたわけではない。残された時間の少なさを予知するかのようなスピードと濃密さで、人間として成長していったのである。

表と裏、光と影、生と死を隔てる扉

玄関を入り、狭くて急な階段を昇ると、突き当たりに、隠れ家の扉をカムフラージュするための回転式本棚が見えてくる。現在は開いたまま鎖で固定され、動かせないようになっている。『アンネの日記』を初めて読んだ子供の頃、この回転式本棚はわくわくさせる秘密めいた装置だった。アンネを悲劇のヒロインに見立て、本棚が閉まる時の蝶番《ちょうつがい》の軋《きし》みを、物悲しい効果音のように思い描いていた。本棚の意味するものを本当に理解できるようになったのは、幾度か日記を読み返し、アンネの死んだ歳をとうに過ぎてからのことだった。

それは表と裏、光と影、生と死を隔てる扉だった。内側から鍵《かぎ》の掛かる、中の人間が決して出て行こうとしない牢屋《ろうや》の入り口でもあった。

アイディアは事務所に勤めるクーフレルさんが出し、実際に本棚を取り付けたのは、支援者の一人、事務員の女性ベップのお父さんだった。娘が勤め先のボスであるユダヤ人をかくまうという危険にさらされている時、協力を拒否することも、あるいはドイツ軍へ密告することも可能だったのに、友人たちの命を救うため、自分にできる最大限の努力を惜しまなかった勇気の人が、確かにいた。そして本棚の内側では、一人の少女が、社会の理不尽な仕打ちに耐え、書くことで懸命に自分を表現しようとしていた。

私は本棚の傍らに立ち、内と外を交互に見やりながら、しばらくたたずんでいた。次々と見学者たちが私を追い越していった。

何の変哲もないただの本棚が、事務所の建物が、神様に特別に選ばれたものとして、時間の流れから切り取られ、自分の目の前に存在していた。たった一人の少女が命と引き替えに残していったその特別な意味を探るため、私は隠れ家の扉をくぐったのだった。

悲歌のシンフォニー

数年前、私がアウシュヴィッツへ行くと知ったある友人が、ヘンリク・ミコワイ・グレツキのCD『悲歌のシンフォニー（交響曲第3番）』をプレゼントしてくれた。

それは実に適切なプレゼントであったと、今から振り返ってみてもそう思う。書物だけでなく、音楽を携えていたおかげで、圧倒的な現実の前で萎縮《いしゅく》し、凍り付こうとする感覚がなだめられ、例えばかつて人間を灰にした焼却炉跡に集《つど》う小鳥たちのさえずりを、美しいものとして鼓膜に記憶させることができたのだった。

グレツキは一九三三年、アウシュヴィッツからそう遠くない町に生まれ、苦難にあえぐポーランドの歴史のただ中で作曲を続けてきた。交響曲第3番は、三つの楽章にそれぞれ、ポーランド女性の哀しみを歌ったソプラノが挿入されている。第1楽章には十五世紀後半の、聖十字架修道院の哀歌、第2楽章には、第二次世界大戦末期、ナチス・ドイツ秘密警察の独房の壁に、十八歳の女性が刻んだ祈りの言葉、そして第3楽章には、戦いで息子を失った母親の嘆きを歌った、オポーレ地方の民謡、という具合である。

ドーン・アップショウの歌声は、私が知っているどんなオペラのソプラノとも違っている。ほとんど無音かと思うようなオーケストラの導入部分から、修道院の哀歌へとつづいてゆく部分では、最初、歌が始まっているのに気づかないほどだった。

声は弦楽器と境目なく混じり合い、一体となり、楽器とも声とも異なる祈りとなっていた。それは聞くものに対して一切主張することなく、ただひたすら、目に見えないもの、神や死や底知れない自己の苦しみに向かってのみ、発せられていた。

従って詩の内容はどれも素朴であり、真理と言葉があまりにも強固に結びついているために、痛々しくさえある。

私の愛しい、選ばれた息子よ、
自分の傷を母と分かち合いたまえ。
（聖十字架修道院の哀歌、「ウィングラの歌」より）

人でなしども
後生だから教えて
どうしてわたしの
息子を殺したの
………
神の小鳥たち、どうか息子のために
さえずってあげて
母親が息子を
見つけられないでいるのだから

（オポーレ地方の民謡より）沼野充義訳

この詩を受け止めたうえでアウシュヴィッツの展示室に入り、積み上げられた靴や歯ブラシや髪の毛の山を見れば、死のシステムを生み出したナチスの政治的問題点などはむしろ意識から遠のき、ただそこにある、一人一人の悲しみとのみ、対峙《たいじ》せざるを得なくなる。誰でもいい、一人の人間の死の内側へ、分け入ってゆく必要があるのだ、という確信を抱く。

ホロコーストを通して死の問題を考える時、私がいつも突き当たるのは、死者と生者の関係である。一九三一年ウィーンで生まれ、母親とともにアウシュヴィッツを生き延び、戦後アメリカに渡ってドイツ文学者となったルート・クリューガーは、体験を綴《つづ》った著書『生きつづける』の中で、印象的な言葉を記している。

〝死者は敬《うやま》われる。生者はむしろ疎《うと》まれる〟

クリューガーはアウシュヴィッツでの選別の際、本当は十二歳なのに、十五歳と偽るよう母親に言われ、ガス室行きを免れる。しかし、幸運であるはずの出来事を、なぜか彼女は喜びの体験として記憶していない。生きてきた年数の四分の一を足すことは、子供にとって恐怖を伴う誤魔化しだった。ガス室で焼かれる恐ろしさに比べれば、まだ我慢はできたが、それでもやはり、恐怖であるのに間違いなかった。自分は嘘をついて生き残った……解放された後もずっと、彼女はこの思いに捕らわれ続ける。

結局、母と娘はアウシュヴィッツから徒歩で移送される途中に脱走し、牧師に偽造してもらった身分証明書を持って、ドイツ人の難民に紛れ込む。彼らの前を、ユダヤ人の収容者たちが移送されてゆく。本来なら、自分もその行列に加わっているはずだった。なのに自分は、偽造の証明書により、生命の保障を手に入れた。

ここでもまた彼女を襲うのは、裏切りの感情である。それを彼女は〝借りの意識〟と呼んでいる。生き残った自分には、誰かに対し、何か独特な形での借りがある。加害者から取って死者に分け与えたいけれど、どうやったらいいのか分からない。

一方母親は、クリューガーの兄にあたる息子の死を悲しむあまり、ホロコーストを論じる集会の席で、著名な歴史家に向かい、

「わたしの息子はどこでどうやって死んだんでしょう、どうぞ教えてください」

と、迫る。

死者は被《こうむ》った犠牲の理不尽さと、永遠の不在によって敬われる。生者は生き残るために犯したささやかな偽りと、何故あの人でなく自分が、という疑問から、逃れられない。

ここではどうしてもヴィクトール・E・フランクルの有名な言葉、

〃最もよき人々は帰ってこなかった〃

が、思い出される。

よき人々が帰ってこられなかったのは、自分の責任ではない

のに、本当に責めを負うべき人間は他にいるのに、どうして被害者たちは己れの生存に疑問を持つのか。罪悪感さえ抱いてしまうのか。

この問題を思い浮かべるたび、私は首を傾《かし》げつつも、同時に、人間の深遠な心の動きに対し、畏《おそ》れにも似た心持ちを覚える。なぜ自分が生者になったのかという、答えのない問いを探し求めることは、ホロコーストを越え、あらゆる人間の存在に、濃密な働き掛けをしてくる。

生者の苦しみについてならば、オポーレ地方の民謡や、クリューガーの母親の叫びからも明らかなように、親子の間柄において考えるのが最も分かりやすいだろう。ある時私は、一九八五年の日航機墜落事故で、肉親を亡くした方々の文集を読む機会があった。九歳の息子さんを一人で飛行機に乗せた、お母さんの手記が目に留まった。甲子園でPL学園の応援をするために、大阪の親戚《しんせき》の家へ行く旅だった。羽田で日航の職員に息子さんを預けた別れ際、彼は、

「ママ、一人で帰れる？」

と言ったという。

お母さんの手記は、自分を責める言葉にあふれていた。なぜあの飛行機に乗せたのか。九年の人生で一番恐い思いをしている時に、どうしてそばにいてやれなかったのか。

この罪の意識は、ほとんどすべての母親に、実感を持って理解されるはずだ。同じ立場になれば、必ず私も、自分が子供を殺したと思うに違いない。

ホロコーストの生存者が、ヒトラーやナチスへの憎悪だけで自分を救えないのと同じく、お母さんもまた、日航や運輸省を責めるだけでは、真実の悲しみを吐き出せないのではないだろうか。彼女の怒りは、生者である自分自身に向けられている。

死が堪《た》え難いものであればあるほど、それを受け入れるために、人は物語を必要とする。……私が歳を三つも誤魔化し、労働可能の列へ並び直したために、誰かが身代わりとなってガス室へ運ばれた。その誰かは、嘘をつかなかった人だ……。母親の私が死の飛行機に息子を乗せた。次の便にすることも、新幹線にすることもできたのに、そうしなかった私のために、息子は一人ぼっちで死んだのだ……。

これらは皆フィクションである。自分を責めるために作り上げられた物語だ。死そのものを悲しむだけでは足りず、自分に罪を着せるというフィクションの中で、更に苦しみを深めてゆく。

人間の心にこのような営みを起こさせるとは、現実とは何と残酷なのだろうか。しかし私は、その営みを哀れとは思わない。人間の持つ最も崇高な善の有様《ありよう》が、そこに表われていると信じるからだ。

『悲歌のシンフォニー』を聴いていると、生者であるのと同じ確かさで、死者ではあり得ない自分を感じる。死者でない事実が、安堵よりも悲しみをもたらし、悲しみに身体を浸すことで、祈りが生まれてくる。祈りの声はやがて、感謝の響きを帯びるようになる。

アンネの日記を拾い集めた人

もしアンネ・フランクが生きていたら……ということを私は時々考える。ゲシュタポによって隠れ家から連行されたあと、あの黒くて大きな瞳は何を見たのだろう。『アンネの日記』を読み直すたび、この続きを読みたくてたまらない気持になる。日記の完全版が出版されてからは、ますますその思いが強くなった。アンネが書き記したいと願いながらかなわなかった無数の言葉たちが、今でも、宙をさまよい続けているような気がする。

ミープ・ヒースさんは、フランク一家をはじめ隠れ家に潜んだ八人のユダヤ人を支援したグループの一人だった。彼女の書いた『思い出のアンネ・フランク』を読むと、隠れ家での生活がいかにさまざまな困難と恐怖と小さな喜びに満ちたものだったかが分かる。日記を書いていない時のアンネの様子が生き生きと伝わってくる。

身を潜めて生きるのは、私が想像するよりもずっとずっと難しいことだった。その困難をミープさんは辛抱強く、一つ一つ乗り越えていった。一度でも失敗すると、それは隠れ家の人々だけでなく、自分の死にもつながることになった。

まず、一番の問題は食べ物だった。オランダでは既に、ユダヤ人でなくても食料を手に入れるのは難しくなっていた。配給切符のないユダヤ人の、しかも八人分もの食料を確保するため、ミープさんはあらゆるお店を回り、長い時間列に並んだ。勤めを持ち、家庭もあり（驚くことに自宅には抵抗運動家の大学生をかくまってもいた）、戦時下で自分たちの生活を守るだけでも大変なのに、彼女は決して弱音を吐いていない。いつでもエネルギッシュで、勇気に満ちあふれ、思慮深く、隠れ家の人々を愛していた。誰かの誕生日には、貴重品のバターで小さなケーキを焼いて届けたりした。

八人は食べ物だけでなく、情報にも飢えていた。彼女は毎日、他の従業員が帰ったあと隠れ家へ行き、戦争の状況や町の様子を伝えた。みんなを絶望させないために、慎重に言葉を選びながら、それでも真実を語った。そんな時、ミープさんにまとわりつき、一番たくさんの質問を浴びせたのがアンネだった。

そのほか、本を、花を、煙草を差し入れ、寂しがるみんなの招待にこたえて隠れ家に泊まったりもした。ミープさんはすべての力を友人たちのために尽くした。

一九四四年八月四日、隠れ家を襲ったゲシュタポは紙屑《かみくず》のようにアンネの日記を床にばらまいていった。それを素早く拾い集め、戦後オットー・フランクが帰ってくるまで保管していたのはミープさんだった。彼女のおかげで、アンネは死んだあともなお生き続けることができた。

『アンネ・フランクの記憶』その後

アムステルダムを出発点に、フランクフルト、アウシュヴィッツ、ウィーンへいたる取材旅行からほぼ一年たって、ようやく一冊の本『アンネ・フランクの記憶』をまとめることができた。今回の仕事は、死者との対話であり、また同時に、自分自身に書くということの意味を問い掛ける作業でもあった。

私はずっと想像力だけを頼りに小説を作り上げてきたので、このようなスタイルで文章を書くのは初めての経験だった。だからこそ余計に、完成した時の安堵感も大きかった。

しかし、本が出来上がったからといってアンネ・フランクと私の関係が完結したわけではなく、新たな発見があったり、取材で知り合った人々との再会があったりして、それは更に発展し続けている。

取材から帰って五ヵ月ほどして、アンネの友人ジャクリーヌさん（日記の中での呼び名はヨーピー）が、講演旅行のためご主人と来日された。私は渋谷で催された集会に参加し、パネラーの一人として同じ舞台に立たせてもらった。

もちろんその集会ではジャクリーヌさんが主役であり、聴衆はみな彼女の一言一言に聞き入っていた。ところが、彼女は終始うつむき加減で、用意したメモを小さな声で読み上げると、あとはいくらこちらが質問しても、必要最小限の言葉をぽそぽそ口にするだけだった。自分がここにいるのが、申し訳なくて仕方ないという感じだった。そんな奥さんを、ご主人のルートさんが客席から日本製のビデオで熱心に撮っていらした。

アムステルダムでお目にかかった時もそうだった。しばしば沈黙が流れ、そのたびに、こちらが何気なく発した質問も、ジャクリーヌさんにとってはとてつもなく重いのだということに気づかされ、自責の念にかられた。

そのあと京都で、二時間以上にわたり再びインタビューする機会を得た。少しは顔なじみになったせいか、ジャクリーヌさんはいくぶんリラックスしていた。アンネとの思い出の細部——パーティーを催す時の役割分担や、隠れ家へ逃げたあと、ベッドの脇に残されていた靴のデザインなど——についても、語ってくれた。途中、ルートさんが生八橋《なまやつはし》の箱を開けてみんなにすすめて下さった。

その日は、日本最後の夜だった。貴重な最後の夕食の席に、私も同席させてもらった。ご夫婦を真ん中にして、編集者が三人、通訳のオランダ人女性が一人、そして私。あんなに和やかで気持のいい食事会は初めてだった。

ヨット、釣り、サイクリングなどの趣味や、日本料理のすばらしさや、お孫さんへのお土産《みやげ》や、大学の聴講生として勉強しているフランス文学について喋っているお二人は、朗らかで理知的でユーモアに富んでいた。舞台の上でうつむいていたジャクリーヌさんの陰は、どこにもなかった。

尊敬すべきこの二人が、第二次世界大戦中、ナチスから生きる価値ゼロとみなされ、逃げ惑わなければならなかった。そして、命以外のあらゆるものを失った。改めて私は、その事実を思い出し、胸が苦しくなった。

「アンネという少女のおかげで、こうして縁もゆかりもない人々が、一緒に京都でごはんを食べているなんて、不思議ですね」

私は言った。アンネの名前を出して、ジャクリーヌさんがまた口ごもってしまうのではないかと心配したけれど、どうしてもこう言わずにはいられなかったのだ。

ジャクリーヌさんは顔を曇らせもしなかったし、うつむきもしなかった。私の方をまっすぐに向いて、大きくうなずいた。

「そのとおりです。アンネのことでいろいろな場所へ行き、いろいろな人と会う時、いつもそれを思います。手厚いもてなしを受けるたび、これを本当に受けるべきはアンネなのに……と思うのです」

ジャクリーヌさんとアンネが、真の親友であった証《あかし》の言葉だった。

日記の引用は『アンネの日記』完全版　深町眞理子訳（文春文庫）より。一部増補新訂版を参照しました。

犬や野球に振り回されて

回る

夕方、ラブの散歩から帰ってみると、出掛けに開けたままにしておいたはずのガレージが閉まっていた。さほど気にもせず庭へ入ったのだが、いつもならスタスタと裏の水飲み場へ向かうラブが、リードを振りほどき、山茶花《さざんか》の植込みに向かって突進していった。弾かれるように薄暗がりから、小さな塊が飛び出してきた。見覚えのない、黒い子犬だった。

初対面にもかかわらず、二匹は一瞬のためらいも警戒も見せず、ワンとも吠えずに意気投合したらしく、お互いの身体をなめ合っている。

「あなた、どこから来たの？」

思わず声を上げたが、二匹は私のことなどお構いなしに、ただ芝生の上を転げ回るばかりだ。

冷静に観察してみれば、首輪をしているだけでなく、リードまでついたままだ。そのうえ首輪は上等そうな革製である。飼い犬なのは間違いない。

毛はほとんどがグレーに近い黒で、ところどころ白色が混じり、心持ちカールしている。あごの下には山羊《やぎ》の髭《ひげ》のような可愛い毛が生えているが、泥で薄汚れている。シャンプーなどの手入れは、しばらくなされていない感じだった。四十キロあるラブに比べ、あまりにも華奢《きゃしゃ》で、抱いた感じも骨々しい。恐らく、ミニチュア・シュナウザーという犬種だと思われた。

取り敢《あ》えず水をやってみることにした。あっという間にボウル一杯、飲み干してしまった。

「もっとおくれ」

催促するように、後脚を軸にして、クルクルと三回転した。いや、クルクルという表現は少し違う。それほどどけなげでも、無心でもなく、むしろ茶目っ気があって、心に余裕が感じられる。敢えて擬態語を使うとすれば、〝プルプル〟とでもいうのだろうか。とにかく、プルプル回るのである。

私は今まで迷い犬を預かった経験が一度もない。犬に関しては初心者で、生まれて初めて飼っているのがラブだった。従って、こういう場合に取るべきよい方法が、思い浮かばなかった。

そこで、お世話になっている訓練士の先生に電話してみると、まず警察の落とし物係と保健所に連絡しなさいと言われ、その通りにした。しかし、事態は全く前進しなかった。警察にも保健所にも、犬を探す人からの問い合わせは入っておらず、落とし物係の警官にいたっては、「そのまま放したらどうですか。飼い主の所へ帰るかもしれませんよ」などと言う始末である。

その時分になってようやく、ガレージが閉まっていたことが気になりはじめた。最初からそこへ犬を捨てるのが目的で中へ入り、ガレージを閉めて出て行ったのではないか。ラブの犬小屋を見て、ここなら飼ってもらえると予測したのではないか。となるとたぶん、飼い主は現われないだろう。

お腹をこわしてはいけないので、ラブが赤ん坊の頃使っていた皿に、ほんの一握り餌を入れ、ラブの方はいつも通り三百グラム山盛りにして二つ並べた。ある程度躾《しつけ》はできているらしく、お座りも待てもできた。

よし、の合図を送ると子犬は迷わず大皿の方に頭を突っ込み、すさまじい勢いで食べだした。ラブは意表をつかれたように一歩後退し、

「あの、ちょっとすみません。それ、僕のなんですけど……」

とでも言いたげに、子犬の後ろでおたおたしている。遠慮気味に脇から口を近付けると、子犬にうなり声を上げられ、あっさり退散してしまった。仕方なくラブは、小皿の餌を食べていた。

便宜上、子犬をプルプルと呼ぶことにした。プルプルはよく回る犬だった。

「本名は何なの？」

「何歳なの？」

「どうやってここまで来たの？」

質問するたび回る。前脚を縮め、後脚をバネにし、ほとんど無いに等しい尻尾《しっぽ》を振りながら、バレリーナよりも気さくに、フィギュアスケートの選手よりも軽やかに回転する。着地の時、薄っぺらな耳がパタパタする。

「ええ、本当はお答えしたいんですけれど、そういう訳にもいきませんので、代わりにこれで許して下さいませんか」

そう言っているように見える。

ケーブルテレビの番組に案内を流してもらったり、近所のペットショップや美容院にも尋ねてみたりしたが、相変わらず手掛かりは得られなかった。数日一緒に暮らしてみて、プルプルがいかにお利口であるかが、だんだん分かってきた。一度怒られたことは二度と繰り返さない。名前を呼ばれるとシャキッとお座りし、指示を待つ。決して噛まないし、噛む真似《まね》もしない。耳掃除の時はおとなしく膝の上に寝転がる。そして私の質問には、懸命に回転で答えようとする……。

全部、ラブにはできないことばかりだ。何度注意しても毛布を破るし、耳掃除は二人がかりで押さえ付けてやっとだし、話し掛けてもただ、鼻を鳴らすだけだ。

小さな犬一匹のために、すっかり生活のリズムが狂ってしまった。なぜかプルプルのことが気になって、仕事がはかどらない。ついワープロのスイッチを切り、様子をうかがってしまう。たいてい二匹は庭でじゃれ合っている。疲れて休む時も、どこかしら身体を接触させている。プルプルがラブの背中に前脚を載せてもたれているか、ラブがたるんだお腹の下に、プルプルを抱え込んでいるかしている。

夜眠る時も、プルプルが頭にこびりついて離れない。しかも、彼がここへ来る前の、私にはどうしたって分かりようもないことばかり考えている。

プルプルにだって間違いなく過去は存在し、彼の脳味噌《みそ》だか心だかにちゃんと染み込んでいるはずなのに、それが明らかにされることはない。犬の過去は誰の指紋にも汚されないまま、私の手など届かない、どこか遠い場所に大事にしまわれている。

朝起きて、ラブの巨大なフンの隣に、寄り添うように転がっている小さなフンを見つける時、もしかしたらプルプルの過去は、さほどひどくはなかったのかもしれない、という気がしてくる。そういうたたずまいの、フンなのである。

十日ほどして、偶然セールスにやって来た中古車屋の青年が、プルプルを見るなり、譲ってほしい、と言い出した。

「今年に入って飼い犬が死に、新しい犬を探していたところなんです」

かなり、真剣な様子だ。あっという間に、車ではなく、犬の取引が成立した。

もらわれてゆく日、お風呂場でシャンプーをしてやった。水を掛けても、こすっても嫌がらず、半分毛に隠れた瞳でじっとこちらを見つめていた。泡を全部洗い流し、

「さあ、これでおしまい」

と言うと、例のごとく回転しながら、お礼の気持を示した。濡れたタイルの上でも、滑らず上手に回ることができた。

今では、中古車屋の青年と同じ布団で寝ているらしい。新しい名前は、ミッキーである。

かさぶた

犬を飼うようになって、けがをすることが多くなった。ボールを投げて遊んでやると、その時は気づかなかったのに、足や手が痣《あざ》だらけになっていたりする。先日も散歩の途中、後ろの人に気を取られて犬が急に振り向いたものだから、バランスを崩して転んでしまい、膝をすりむいた。

転んでけがをするなんて久しぶりだなあと、懐かしい気持になった。子供の頃はしょっちゅう身体中に傷を作っていた。皮膚の破れた様子も、そこからにじんでくる血の色も、痛みの感覚も、昔と同じだった。恥ずかしさを忘れ、私はしばらく自分のけがに見入っていた。

やがて膝にはかさぶたができた。それこそ本当に懐かしかった。なぜあんなにもかさぶたというものは、はがしてしまいたい形をしているのだろう。治って自然に取れる前に、爪《つめ》の先で無理矢理はがしては、「女の子なのに跡が残ったらどうするの」と、母親に叱《しか》られたものだ。

かさぶたの成分とは一体何なのだろうか。ただ血が固まっただけにしては、密度が濃くて頑丈な気がする。ごつごつと盛り上がった姿は、不可思議で魅力的だった。自分の身体がこんなものを作り上げたとは、とても信じられなかった。

傷の痛みがおさまり、かゆみが出てくると、そろそろはがすのにいい頃合だった。欠けないよう、慎重に私は爪を動かした。完全な形ではがせた時の満足感は、どこか秘密めいていた。

そしてかさぶたの跡から姿を見せる、うすピンクの未熟な皮膚。あれは神秘だった。自分のあずかり知らないところで行われている静かな営みを、盗み見したような気分だった。

島尾伸三さんの『月の家族』の中に、お父様である敏雄氏が、粉薬を包む白い紙に、子供たちの爪や抜けた乳歯などを入れて保管していたという話が出てくる。それを読んだ時、コレクションにかさぶたは含まれていなかったのかしら、と一番に考えた。

敏雄氏は赤黒い小さな塊を、一個一個大切に包んでゆき、紙の表に子供の名前と日付とけがの場所を、几帳《きちょうめん》面な字で記す……。伸三さんの記憶に割り込むようで申し訳ないと思いながら、私は勝手に想像を巡らす。そうしているとなぜか、敏雄氏の小説を読んでいる時に似た感慨がわいてくる。

さて、私は系統立ててものを保管しておく術《すべ》など知らない子供だったので、当然、今残っているかさぶたは一つもない。なのに『月の家族』を読んだ時、自分もそっくり同じやり方で、かさぶたをコレクションしていた気になった。だから久しぶりにけがをした瞬間、胸の奥にある古い引き出しから、小さな紙の包みが転がり落ちてきたような錯覚に陥ったのだ。

ため息の出る散歩

三十数年の人生で初めて、犬を飼ってみようか、という気になったのは、優雅にして思索的な散歩にあこがれてのことであった。小説を書いているとどうしても運動不足になる。散歩が手っ取り早くていいのは確かだが、倉敷の田舎では道を歩いている人をほとんど見かけない。ランドセルを背負った小学生か、農作業へ出るお年寄り以外、皆車で移動するので、手ぶらでふらふら歩いていると異様に目立ってしまう。

そこで登場するのが犬である。しかも大きくてどっしりとした賢い犬。それを従えていれば、誰に遠慮することもなく、心行くまで散歩を楽しめるだろうし、机の前に座っている時には思いもつかなかった斬新《ざんしん》な小説のアイディアが、浮かぶかもしれない。

以上のような夢をのせて我が家へやって来たのが、ラブラドールの子犬ラブだった。

ワクチンも済ませ、庭で足慣らしもし、かわいい首輪とリードも買いそろえ、いよいよ散歩デビューというその日、出発前から既に雲行きが怪しかった。首輪にリードを引っ掛けるだけで大騒ぎだった。とにかくラブは初めて見る長くてくねくねしたリードが珍しく、どうにかして口にくわえようとする。こちらが首を押さえ、金具をつかもうとすると身をよじって抵抗し、手に噛み付く。ハウツー本に書いてあるとおり、「だめ」と言って叱れば、余計に興奮して庭を駆け回る。ようやくリードがつながった時は、もうそれだけで結構な散歩をし終えた気分になっていた。

体勢を立て直し、さあ出掛けましょうと玄関のステップを降りたところで、さっきまではしゃいでいたはずのラブが、硬直し動かなくなった。いくら引っ張っても、四本の脚をぐいっと踏ん張り、一ミリたりともここを動きたくない、という決意を全身にみなぎらせている。

どうも側溝にかぶせてある、格子模様の鉄板が原因のようだった。格子のすき間に脚が挟まってしまうのを恐れているらしい。しかしいくら子犬とはいっても、立派な動物なのだから、三十センチ足らずの溝など、飛び越えてしまえばいいのだ。

「さあ、こんなふうに、ぴょんと飛べばいいのよ。簡単なことじゃない」

何度手本を見せても、効果はない。無理に引っ張ろうとすればするほど硬直はひどくなり、しまいには痙攣《けいれん》を起こしたように、ブルブルと震えだす始末だった。仕方なく道路の真ん中まで、抱っこしてやった。

やれやれ、これで念願の散歩に出られると思ったのもつかの間、十メートルも行かないうちに、また硬直である。今度は坂道がお気に召さなかったらしい。さほど急な坂でもないのに、踏ん張っている。

「これはね、ただの道なの。何の心配もいらないの」

一応説得してみたが、やはり無駄だった。我が家は小高い丘の上にあるので、坂を歩けないとなると、家の周囲をぐるぐる回るしかなくなる。それのどこが、優雅にして思索的な散歩と言えるだろうか。

再び私はラブを抱っこし、坂の下まで歩いた。丘を降りれば、あとは平坦《へいたん》だから大丈夫。ラブを地面に置き、ふっと油断した瞬間、トラックが一台通り過ぎた。途端にラブは、頭のネジが一本抜けたとしか思えない無茶苦茶な勢いで、リードを振りほどき、坂道を逆走していった。下るのは嫌でも、上るのは平気らしい。

慌てて追い掛け、取り押さえたが、もうこの時点で理想の散歩像は消え去り、残っているのはもやもやとした疲労感だけだった。

側溝の鉄板と、坂とトラックにラブが慣れるまで、かなりの時間がかかった。その間にも身体はどんどん成長し、二十キロを越えて容易に抱っこなどできなくなってもまだ、側溝が飛び越えられなかった。曲がりなりにも散歩の格好が整ったのは、一歳を迎える頃だったろうか。

成犬になった現在、理想の散歩はいまだに実現していない。好奇心旺盛《おうせい》の食いしん坊なので、気が抜けない。雑草はもちろん、花、石、スナック菓子の袋、布きれ、他の犬のフン、何でも口に入れようとする。そのたびリードをきつく引っ張り、叱らなければならない。

「やっぱり駄目？　ばれた？」

いくら怒られてもラブはいじけない。甘えた瞳でこちらを見上げるだけだ。

他の犬に出会う時も注意がいる。オスだろうがメスだろうがお構いなく、ラブはじゃれつきたくて仕方がないのだが、四十キロの巨体なので、たいてい相手には嫌がられる。あまりのラブの熱烈さに、腰を抜かして立てなくなった犬もいた。

お腹を壊さないよう、人様の犬を驚かせないよう、毎日用心深く散歩をしている。とても優雅な思索にふける余裕などない。

犬は偉い

明日地球が滅亡してもおかしくない、と思うような暑さが続いている。クーラーの効いた部屋で仕事をしている人間でさえ参っているのだから、毛皮を着た犬の辛さはいかばかりであろう。

我が家の飼い犬ラブは、普段はキーホルダーのチャリンという音を聞いただけで散歩の気配を察知し、大喜びで庭を駆け回るのだが、さすがにこの夏は、ぐったりとして反応が鈍い。少しでも涼しい場所を求めて庭のあちこちに穴を掘り、冷たい土にお腹をくっつけて寝そべっている。

しかし犬が偉いのは、不平不満を述べないところである。無闇《むやみ》に暑い暑いを連呼して周囲を一層暑い気分にさせることもないし、「おい、ビールが冷えてないじゃないか。全くどうなってんだ、この家は」などと、誰かに八つ当たりすることもない。ただじっと腹ばいになり、目をつぶり、静かに時が流れるのを待っているだけだ。

そもそも人間が、言葉を持っているのがよくないのではないか。そんなことを言っても何の役にも立たないと分かっていながら、人はどうしても、暑いとこぼしてしまう自分を抑えられない。言葉は、マイナスの感情と実に仲がよいから、口からは一緒に、不機嫌やイライラや恨みがまき散らされる。

それに比べ、犬の何と潔《いさぎよ》いことか。言葉など持っていたって、大した得にはならない。世の中、言葉によって解決できない事態の方がずっと多いのだ。そう、心得ている。

「ラブ」と呼んでも、彼は薄目を開け、申し訳程度に二、三回尻尾を振るだけだ。その肥《ふと》った背中が、今年の夏は妙に思慮深く、賢く見えて仕方ない。

犬の首輪

六月のある土曜日、チェンバロと再会するため、蔵王《ざおう》の山の中へ出掛けた。お行儀よく並ぶ鍵盤《けんばん》、繊細な模様を彫り込まれたバラ窓、けなげなほどに美しい直線を描く弦。何もかもが私の記憶にあるとおりの姿で、そこにあった。

小説の取材のため、初めて蔵王のチェンバロ工房を訪れたのは、十年ほど前の初冬だった。林の奥にひっそりとたたずむ古い家で、年若い助手と、老いて耳の遠くなった犬だけを相手に、K氏はただひたすらチェンバロを作っていた。

薪《まき》ストーブが燃え、ガラス窓の向こうでは雪が降り続いていた。聞こえてくるのはただ、K氏が鍵盤に触った時響く弦の音と、私の足元に寝そべる老犬の、いびきだけだった。

今回は仕事抜きの、にぎやかな宴《うたげ》になった。K氏を中心に、ソプラノ歌手、演奏家、編集者、妊婦、釣り人、等々が集まり、他愛ないお喋りをしながら、ワインを何本も空けた。

しかしそのにぎやかさの底には、初めて訪問した時感じた静けさが、何ものにも損なわれることなく横たわっていた。チェンバロの音色を最も美しく響かせる、孤独の気配に満ちた静けさだった。

居心地のいい場所にいると、時間が止まったように感じるのはなぜだろう。自分が書いた小説など、全部幻ではなかったか、とさえ思う。

ただ、毛のついた首輪を残し、遠くへ行ってしまった老犬の不在だけが、時間の流れを証明していた。

試合観戦の日

日曜の朝、昨夜からの雨がまだすっきりと止んではいなかったが、息子はユニホームに着替え、何度もカーテンを開けて空を見上げていた。そこへ、試合は予定どおりという電話連絡が入り、「行ってきます」を言うのももどかしげに、グローブをつかんで駆けていった。

息子のソフトボールチームのエースピッチャーはYちゃんである。誰もYちゃんが女の子だとは気づかないくらい、すばらしく元気のいいボールを投げる。キャッチャーのO君は運動神経が抜群で、責任感が強く、いつも穏やかな表情をしている。キャプテンにはうってつけの選手である。二人とも保育園のうさぎ組だった頃から、ずっと知っている。

小学校の高学年になっても息子がなかなか野球に興味を持たないので、残念に思っていた。ところがある日、突然目覚めたらしく、倉敷のマスカットスタジアムに阪神の試合を観に行ったり、バットとグローブを買って欲しいとせがんだりしはじめた。そこで遅ればせながら、六年生になった春、子供会のチームに入れてもらったのだ。

私が一番最初に観た野球の試合は、今から三十年以上前、岡山県営球場でのオープン戦、阪神対南海だった。まだ小学生だった弟と一緒だった。球場が見えてくると、訳もなく気が急《せ》いて、弟と手をつないで走ったのを覚えている。

当時、弟もソフトに熱中しており、レギュラーになって初めてユニホームをもらった時は、ほとんどそれを抱くようにして寝ていた。選手通用口で、田淵幸一の背中に(もしかしたら藤田平《たいら》だったかもしれない)タッチしたことを、長い間自慢にしていた。

中学を卒業した春休み、友だち三人で、甲子園球場へ高校野球を観に行ったのも忘れられない。準々決勝、岡山南高校対丸亀商業の試合だった。延長戦に入り、先攻の丸亀が一点勝ち越して、もう駄目かと思ったら、その裏岡山南が二点入れてサヨナラ勝ちした。

目の前でプレーしている選手たちが、とても大人に見えた。自分ももうすぐ、彼らと同じ高校生だと思うとうれしかった。自分はもう完全な大人になったのだと確信した。

けれどあの頃は、自分が子供を産み、その子の試合を応援する日がやって来るなどとは、想像もできなかった。

さて、その日の対戦相手は強豪だった。素人の私から見ても、よく鍛えられているのが分かった。先取点を取ったものの、すぐに追い付かれ、逆転された。どこからかやって来た野良犬も、一緒に応援してくれた。ベンチの端に伏せをして、おとなしく観戦していた。何か移動する用事がある時は、攻守交替の時まで待って、しかも内野を横切るようなことはせず、ファウルグラウンドを遠回りして、トコトコと歩いてゆくのだった。

Yちゃんは風邪を引いていたらしく、本来の調子ではなかった。汗をびっしょりかいて、顔を真っ赤にして頑張ったが、思うようにストライクが入らなかった。結局第一試合は、1対5で負けた。

Yちゃんは木の陰に座り、時折咳《せ》き込みながら、水筒のコップを持ってじっとうつむいていた。私は気づかない振りをして、黙って様子をうかがっていた。

うさぎ組の頃、お遊戯をしたり、ブランコで遊んだりしていた姿が思い出された。あれからまだほんの六、七年しか経っていないというのに、少女は悔し涙を我慢するほどに成長していた。その間、私はつまらない小説をいくつか書いていたに過ぎない。しかし子供たちは、こちらの思いを越えて、輝かしい時間の流れの中で生きている。かつて私にも、こんなふうに成長していた子供時代が本当にあったのだろうか。今となってはもう、思い出せない。

第二試合、相手は中学生かと思うほど立派な体格のエースを先発させてきた。第一試合のピッチャーは控えだったようだ。続けて投げるかどうか、自分で決めなさい、と監督に言われたYちゃんは、堂々とマウンドに立った。

相手のエースは体格に相応《ふさわ》しいボールを投げ込んできた。敵ながらほれぼれするくらいだった。バックの守りも堅く、難しいフライも落とさなかった。更に悪いことに、Yちゃんの弟が胸にデッドボールを受け、負傷退場してしまった。

水で冷やしたり、背中をさすったり、慌てて皆で介抱した。野良犬も心配そうに寄ってきて、クンクン鼻を鳴らしていた。肋骨《ろっこつ》にひびでも入っていてはいけないので、結局お父さんが車で病院へ連れて行った。

そうしたアクシデントにも動揺せず、Yちゃんは最後まで投げきった。結果は0対

4だった。こちらのヒットは、O君が打った一本だけだった。

試合が終わったあと、相手チームが整列し、応援の私たちにむかって挨拶してくれた。キャプテンでもあるエースの彼が帽子を取り、ほとんど地面につくように深々と頭を下げると、それを合図に、「ありがとうございました」の声が響きわたった。

こんなにも気持のいい挨拶をされたことは、かつて一度もなかった。自分が特別によい何かを、成し遂げたような気分になれた。楽しませてくれたお礼を言うべきは、私の方だった。

骨に異常なし、の診断をもらってYちゃんの弟も戻ってきた。もう平気な顔をして飛び回っていた。

「あなたも、デッドボールには十分気をつけてね」

私は息子に言った。

「いや、ボールには向かっていかなくちゃいけないんだ。逃げてたら打てないんだよ、ママ」

と、息子は答えた。

虎ファンの幸福

タイガースが負ければ悲しい。勝てばうれしい。何と単純なことであろうか。理由を聞かれても、説明ができない。ただもうタイガースが勝ってくれるだけで、ファンは幸せな気分になれる。

タイムリーやホームランが出ると、テレビで何度もスローモーションが流れるが、そんな時私は、観客席を見ている。皆が中腰になり、メガホンを握り締め、一斉に歓声を上げる。何万人もの人々がただ一個のボールを見つめ、喜びを共有し合っている。ああ、この人も、この人も、皆うれしそうだなあ、と思うと、タイガースの勝利の喜びとはまた別に、人間へのいとおしい気持が込み上げてくる。

試合に勝ったあと、押し合いへし合いしながら球場を出て、駅まで歩く間の雰囲気も好きだ。皆が口々に選手の名前を挙げ、ポイントになるプレーを反芻《はんすう》し、晴れ晴れとした表情で家路につく。

もちろんそれぞれに大小の悩みを抱えてはいるが、ひとまず全部棚上げにして、知らない者同士、タイガースファンであるというつながりだけで肩を寄せ合っている。これだけ大勢の人々が、一つの幸福に包まれる場面は、他にそうあるものではない。選手たちにこの雰囲気を味わってもらえないのが残念だ。一度変装して、ファンの波の中に潜り込めば、いかに自分たちが愛されているか、改めて実感できるだろう。自分のプレーが、顔も名前も知らない無数の人々を幸せな気持にしている。そのことを、選手たちには深く心に刻んでおいてほしいと思う。誰にでも容易にできることではない。ましてそれを仕事にできる人は、ごく限られている。

プロ野球選手としてグラウンドに立てるのは、特別に選ばれたほんの一握りの人にすぎない。特別に選ばれたことを鼻にかけるのではなく、感謝の心でプレーするのが、本物の一流選手だ。

そんなことを考えたのは、第三戦の先発が新人の能見《のうみ》だったからだ。残念ながらプロ初登板はほろ苦い結果となってしまったけれど、いずれ近いうちに彼も初勝利をあげ、ヒーローインタビューを受ける時がやって来るに違いない。その時ファンから送られる歓声を、謙虚に、感謝の気持で受けとめられるような選手であってほしいと願っている。

さて、能見のルックスについて、ちょっと一言申し上げたい。実は入団発表記者会見の時から気づいていたのだが、彼はなかなかのイケメンではないだろうか。色が白くて、面長で、高貴な感じのするハンサムだ。野球選手とは思えないくらい、肌もすべすべしている。

これまでの、タイガースのピッチャー陣にはなかったタイプの雰囲気を持っている。藪《やぶ》がいなくなったあと、必ずや能見が引っ張って、女性ファンを増やしてくれることだろう。

1対5にされた時、つまり宮本にホームランを打たれた時は、正直負けゲームのための原稿を書く覚悟を決めた。しかし二〇〇五年のタイガースは、優勝した年の勢いがよみがえったようだった。バッターボックスに立つ選手が全員、頼もしく見え、誰もかれも皆打ちそうな予感がし、結果、予感だけでなく本当に打ってくれるのだから、たまらない。

そんな中、スペンサー、シーツ、金本の三本のホームランの陰に隠れてしまったが、赤星の三本のヒットがうれしかった。球場に行くとよく分かるが、赤星のために手作りの応援グッズを用意しているファンはとても多い。子供たちが53番の縦じまTシャツを着て、赤い星を持って、一生懸命応援している。

やはり小さな子供たちは、小さな赤星が好きなのだ。身体が小さいという欠点を克服し、そのうえで自分の長所をのばしてゆくために、赤星がどれくらい苦労しているか、ファンはちゃんと知っている。年々進歩している彼の姿に、尊敬の念を抱いている。

赤星のプレーは、野球というスポーツの素晴らしさを教えてくれる。野球はポジションや打順によって、欠点を長所に変えられる。選手一人一人がお互いのマイナスを打ち消し合い、プラスを大きくふくらませることのできるスポーツだ。赤星が打ち、盗塁を決め、ホームに返ってくる姿を目にするたび、やっぱり野球っていいスポーツだなあ、と思う。

もう一人、私が注目しているのは、能見の後に出てきた吉野だ。先日、十五歳になる息子が、とある方から、二〇〇五阪神タイガース野球カードパックをプレゼントされた。その中に入っていた、唯一の直筆サイン入りカードが、吉野選手のものだった。

そのカードを手にした私は、今シーズンのタイガースの鍵を握るのは、吉野投手かもしれない、と感じた。いつもの当てにならない予感ではあるが、天からのお告げのように、吉野の姿が私の脳みそに焼き付いてしまった。シーズンが終わった時、やはりあの時の予感は正しかったと、笑顔で振り返りたいものだ。

結局、9対5の逆転勝ち。タイガースおめでとう。いい試合を見せてくれて、ありがとう。

実況のアナウンサーが言っていたけれど、誕生日の金本選手は、試合の後、バッティングピッチャーの方たちと食事会をするらしい。そう、一流選手が持つ謙虚さ、感謝の気持とは、つまりこういうことなのだ。一流であるかどうかの技術を根底で支えるのは、やはりその人の人間性なのだ。そのことを教えてくれる金本にも感謝。

これからの長いシーズン、阪神タイガースの無事を、心から祈っている。

虎ファンになった動機

「今シーズンのタイガースは、どうですか？」

と、挨拶代わりに聞かれるたび困ってしまう。「もちろん優勝ですよ」と言い切るほどの自信はなく、「いやあ、駄目ですね」と謙遜《けんそん》するほど成績が低迷している訳でもなく、結局は「ええ、まあ、ぼつぼつ」などと言って誤魔化している。

三連敗したかと思えば三連勝し、投手陣が打ち込まれたかと思えば打撃陣ががんばる。ここで負けたらずるずるいってしまいそうな、ぎりぎりの所まで追い込まれながら、また息を吹き返し、首位戦線に加わる。今シーズンのタイガースは、簡単に判断できない複雑さを抱えているようで、展望が難しい。

二〇〇三年優勝した時のような、爆発的な強さを求めるのは酷だとよく分かっているが、ゲーム差なしで首位争いを繰り返す日々が続くと、やはりくたびれる。自分がもう少しゆるいタイガースファンだったら、どんなに気が楽だろうか、と思う。

朝、新聞を開いてようやく前日の結果を知り、「ああ、昨日は負けたのか」の一言で済ませられたら、そわそわして仕事が手につかなくなることも、負けた悔しさで寝つきが悪くなることもないだろう。相手チームを下品な言葉でののしったり、こっそり呪《のろ》いを掛けようとしたりして、自己嫌悪に陥ることもない。タイガースになど惑わされず、心静かにただ小説だけを書いていられたら、もう少しまともな作品が残せたかもしれない。

以前、とある落語家さんが言っていた。

「タイガースが負けた日でも、夜のスポーツニュースを見ます。負けたと思ったのは自分の勘違いで、実は勝っていた、という事態が起こるかもしれませんから」

この話を聞いた時、あまりにも健気《けなげ》で切ないファン心理を、笑うに笑えなかった。深夜、万に一つの可能性に賭《か》け、テレビの前に座っている落語家さんの姿を想像するだけで、涙ぐみそうになった。

それに比べると、私などまだまだ修行が足りない。正直に告白すれば、過去に何度か、応援するのに疲れ、この試合に負けたらタイガースファンをやめる、と宣言したことがある。誰に向かってというのではなく、自分で自分に宣言するだけなのだが、それでも悲痛な思いを込めて無言の叫びを発した。

ところがタイガースは、必ずその試合に勝ってくれた。不思議とそういう巡り合わせになっていた。いくら高らかに宣言しようと、本心ではやめたくないという執念が、伝わったのだろうか。いずれにしても相変わらず私は、タイガースを応援し続けている。

元々タイガースファンになったのは、父の影響だった。私が子供の頃はちょうどV9の時代で、ジャイアンツが圧倒的に強かった。夕食が終わり、ナイター中継の開始に合わせ、七時半にテレビをつけると、ほとんどの場合、ジャイアンツがリードしている。すると父は「ちぇっ」と舌打ちし、ごろりと横になってタイガースの応援をはじめる。その舌打ちに込められた、ジャイアンツへの嫌悪とタイガースへの愛が、子供の私にも十分伝わってきた。

タイガースが勝って、父が喜ぶと、私もうれしい。ファンになった第一歩は、こんな単純な動機からだった。

一九七〇年代の前半、江夏も田淵もいた。藤田平や遠井が活躍していた。掛布が登場し、若い才能を発揮しはじめた頃でもある。きちんと統計を取ったわけではないが、当時の我が家では、日曜日は田淵がホームランを打つ、と信じられており、家族全員でどきどきしながら、今か今かとその瞬間を待った。とうとう信じたとおりに田淵が逆転ホームランを打つと、弟と一緒に部屋中を駆け回って喜んだ。なのに肝心な時に父は酔っ払ってしまい、高いびきで寝込んでいたりした。

あの頃、テレビの中継は九時で終わってしまい、もっぱらラジオが頼りだった。今思い返してみても、テレビの画面より、ラジオに耳を澄ませていた記憶の方が鮮やかに残っている。

地方都市の岡山に住む子供にとって、甲子園は手の届かないはるか遠い世界だった。田淵のホームランが、きれいな放物線を描いて飛んでゆくレフトスタンドがどれほど広いのか、ただ頭の中で想像するしかなかった。目の前で江夏の速球が見られる人は何て幸せなのだろうと、ラジオから届く歓声を聞きながら、うらやましく思っていた。

家族団欒《だんらん》の場面を思い出すと、いつもそこにはタイガースの存在があったような気がする。ビールを飲んでいい気分の父、裁縫をする母、田淵がホームランを打つように神棚に手を合わせる弟と私。そしてラジオから流れる、野球の実況放送。それが私にとっての、幸福の記憶だ。

さて、交流戦では厳しいスケジュールの中、充実した試合をたくさん見せてもらった。タイガースだけでなくすべてのチームが、新しい試みを成功させようという意欲に満ちていた。しばらくはまだ混乱が続くかもしれないが、結局はすべて、プロ野球をおもしろくするための生みの苦しみだったのだ、と言える時が来るだろう。

いよいよ夏に向かい、ペナントレースも山場へ差し掛かってゆく。応援するのに疲れた、などと言っている場合ではない。選手たちはまさに、骨身を削って戦っているのだから、その彼らを、ファンが元気よく応援しなくてどうする。そう自分を叱咤《しった》している。

宝塚歌劇体験記

宝塚へ歌劇を観に行った。星組公演『ベルサイユのばら〜フェルゼンとマリー・アントワネット編〜』である。

芦屋《あしや》へ引っ越して以来、阪急電鉄に乗って歌劇のポスターを目にするたびに、そうか、関西と言えば宝塚だなあ、と思っていた。しかし、思うばかりでなかなか行動しないのが私の悪い癖で、いつまでもぐずぐずしているうち、幸運にも編集者のMさんが声を掛けて下さり、ついに実現の運びとなった。

宝塚駅へ降り立った第一印象は、とにかくまず、近い、ということであった。家を出てから五十分ほどしか経っていない。東京に住んでいる時は、浦安のディズニーランドへ行くのも、鎌倉のお寺巡りをするのも、ちょっとした小さな旅だった。ところが関西では、京都も奈良も有馬《ありま》温泉も、頭で考えるよりずっと近い。まさに、散歩の延長といった感じなのである。

Mさんによれば、震災以降、町の様子は大きく変わり、温泉街としての風情はすっかり薄れてしまったらしい。ホワイトタイガーのいた動物園も閉園になってしまった。けれど武庫《むこ》川を背にして建つ大劇場は、何ものにも動じない、悠然とした気品を漂わせていた。

宝塚大橋にある乙女のモニュメントを眺めていたら、一人の女性が溌剌《はつらつ》とした足取りで私たちを追い抜いていった。きりりとしたショートカット、長い手足に小さな頭、真っ直ぐに伸びた背中。一目で、タカラジェンヌだと分かった。大きな荷物を肩に掛けていたから、きっとこれからお稽古《けいこ》なのだろう。顔は見えなくても、その人がどれほど美しいか、後ろ姿に全部表われていた。彼女の背中に見とれながら、やっぱりここは、他のどの町とも違う、宝塚なのだ、と実感した。

劇場のロビーが、ロビーの常識を超えた充実ぶりなのにもまた、驚いた。洋食、和食、軽食喫茶、スタンド、と食べる場所がいくつもある。宝塚グッズを売るお店も、半端なスペースではない。全部見て回っていたら、くたびれて肝心の観劇に差し障りが出るだろう。その広大な売り場に、ありとあらゆる宝塚グッズが揃っている。ブロマイドや絵葉書はもちろん、原作の漫画にＤＶＤ、携帯ストラップ、タオル、化粧ポーチ。食品類だって負けてはいない。ワインにもゴーフルにも人形焼にも全部、ベルばら或いは宝塚の模様が施されている。目もくらむばかりの迫力である。

郵便局や現金自動支払機もある。ここの郵便局から手紙を出すと、特別なレビューの消印を押してくれる。興奮してついあれこれ買い物をしてしまった人も、キャッシュコーナーがあるから心配いらないという訳だ。この楽しいロビーを抜けると、ようやくその奥に、切符を見せるゲートが待っている。

観客席は満員だった。ざっと見回したところ満員、というのではない。例えば日本シリーズで甲子園が満員と言っても、実際にはポツポツと空いているものだが、宝塚劇場はどんなに目を凝《こ》らしても、たった一つの空席も見つけられない、正真正銘の満席なのである。

オーケストラピットで指揮棒が振り下ろされると同時に、天井に輝く銀色のミラーボールから、光の水玉が放たれ、それが観客席を包み込むようにぐるぐると回転しはじめる。舞台一杯に可愛らしいばらの少年少女たちが現われ、楽しげに歌い踊る。そして観客の期待が頂点に達したところで、いよいよ主役のマリー・アントワネットとフェルゼンが、肖像画の中から登場してくる。

「おお、何と、まあ」

思わず私は声にならない声を上げた。他のどんな種類のお芝居とも似ていない、独自の世界。それでいて、初心者の私を懐かしい気持にさせる不思議な優しさ。これぞ紛れもない宝塚だった。

当然のことながら出演者の方々は文句なく美しい。フェルゼン役の湖月《こづき》わたるさんは、名前の通り月光に照らされる湖を思わせる玲瓏《れいろう》さにあふれ、白羽《しらはね》ゆりさんは、ただ黙ってそこに立っているだけで、もうマリー・アントワネットそのものだ。湖月さんは手の動き一つでフェルゼンの苦悩を、白羽さんはその細く白い首筋で、王妃の高貴さを表現してる。

もう一人目を奪われたのは、月組から出演なさっていたオスカル役の大空祐飛《ゆうひ》さん。見つめるのが怖いほどに美しい。このオスカルに出会えただけでも、宝塚を観劇した意味があったと言えるだろう。

また別の意味で忘れられないのが、ルイ十六世役の英真《えま》なおきさんである。自分の奥さんはフェルゼンにとられ、国は革命を起こされる、という損な役回りにもかかわらず、国王に人間的な温かみを吹き込んでいた。フェルゼンやオスカルにうっとりしながらも、一方では、ついルイ十六世に同情してしまったのだった。

隣に座ったお客さんは熱心なファンらしく、オペラグラスを片手に、始終椅子から身を乗り出していた。お目当てのスターが登場する時の拍手も熱く、私がパチ、パチ、している間に、パチパチパチパチパチパチパチという勢いで鳴り響く。

見渡せば、どの人もこの人も皆幸せそうだ。浮世の雑事を忘れ、ひととき華やかな世界に没頭し、夢のような喜びに身を任せている。その喜びを、舞台に立つ人、客席の人、全員で分かち合っている。

これと似た雰囲気をどこかで味わった気がして、はたと思い当たった。甲子園と同じなのだ。人生いろいろとややこしいが、とにかくタイガースが勝ってくれさえすれば、最上の幸せ。見知らぬ者同士、声を合わせて六甲おろしを歌う。

もちろん宝塚ファンはタイガースファンよりもずっとお上品だけれど、隣に座っていた人の拍手には、今岡選手がサヨナラホームランを打った時の私の拍手に匹敵するエネルギーが、込められていた。

終演後、グッズ売り場に立ち寄って買い物をした。あの舞台を目の当《ま》たりにした後では、どんなに派手なグッズでも派手とは思えず、絵葉書を手始めに、ベルばら仕様の入浴剤、シャンシャン（フィナーレで使われる飾り）のピンバッジ、トップスターさんのイラスト入り温泉煎餅《せんべい》、宝塚人形焼、などを次々と購入した。Mさんと二人、すっかり満足し、「大空祐飛は必ず大スターになりますねえ」などと一人前の宝塚ファンになった気分で話しながら、有名な〝花のみち〟を歩いて帰路についたのだった。

家族と思い出

雲丹とお相撲

子供の頃からするめや数の子が好きで、お酒の好きな祖父に、「洋子は将来酒飲みになるぞ」と期待されていたのだが、残念ながら下戸《げこ》の大人になった。

晩年の祖父は中庭に面した和室に布団を敷きっぱなしにして、ほとんどの時間をそこで過ごしていた。枕元《まくらもと》には日本酒と各種珍味の瓶詰めが置いてあり、手をのばせばすぐに一杯やれるようになっていた。お見舞いの人が訪ねて来ると、飲む口実ができたとばかり、何はさておき一杯やりなさいとうれしそうに徳利《とくり》を傾けた。だから祖父の部屋には、アルコールと塩辛いにおいが混ざり合って満ちていた。

お習字や作文で賞状をもらい、祖父に見せにゆくと、その賞の価値とはあまりにもかけ離れた、大げさな喜び方をしてくれた。たとえノーベル賞をもらった人でも、あれほど褒められはしないだろうと思われた。封筒に〝喜ばせてくれたお礼〟と書いて、お小遣いをくれた。

そして、雲丹《うに》の瓶にお箸《はし》を突っ込み、一口なめさせてもらう。これがもう一つの楽しみ。雲丹は長く祖父の枕元に置かれている間に、独特の発酵をし、えも言われぬ風味になっていた。

テレビにはいつもお相撲が映っていた。雲丹をなめながら、私は結びの一番まで、祖父と一緒にお相撲を観た。二人とも玉の海の応援をした。

最近なぜかよく分からないが、生きている人より、死んだ人のことを考える時間の方が長くなった。

人間の手

趣味とか主義とかいう以前に、経済的な問題から、私が子供の頃はたいてい何でも母の手作りだった。特に身につけるものは、毛糸のパンツ、よそ行きのワンピース、セーター、ブラウス、パジャマ、手袋、浴衣《ゆかた》、果ては中学の制服まで、すべて母がこしらえた。

一番よく覚えているのは、五、六歳の時よく着ていた濃紺のジャンパースカートで、それはみぞおちのあたりが楕円形《だえんけい》にくり抜いてあり、下のブラウスの模様がのぞいて見えるようになっていた。なかなか斬新なデザインであったらしく、これを着て出掛けると必ず何人かから声を掛けられた。どこで買ったか尋ねられると、

「いいえ、自分で作ったんです」

と微笑む母の顔を思い出す。すると相手は感心したように楕円形のところの縫い目

などに手をやり、ますます母を得意がらせるのだった。

食べ物に対する研究も熱心で、こたつの中に怪しげな広口瓶を押し込め、ヨーグルトを製造したり、当時は家族中誰もその名前すら知らなかった〝ピロシキ〟なるものを作って、皆を困惑させたりした。

また、ガスレンジの上に載せて使う、鉄の塊のように重い簡易オーブンからは、数々のおやつが生まれた。クッキー、スポンジケーキ、シュークリーム、アップルパイ。

アップルパイの味は今でも忘れられない。余計なものは一切入っていない、素朴なパイだった。外側がボリュームたっぷりでもちもちとし、中身のリンゴは酸っぱかった。今でも時折あの味が懐かしくなり、ケーキ屋のアップルパイを食べるが、バターが多くてサクサクしすぎているうえに、香料が効いてリンゴの味がしない。

しかしオーブンから生まれた最も偉大な食べ物は、間違いなくパンだった。なぜか母はイースト菌を肉屋さんから買っていた。特別に分けてもらっていたようだ。外から帰ってきて、パンの焼ける匂いに気づく瞬間は、このうえもなく幸せだった。平和な私の子供時代を、象徴する匂いだ。

アウシュヴィッツを訪れた時、ガス室へ送られた子供たちの遺品を見学した。手編みのワンピース、ハートのアップリケのついたエプロン、片方だけの手袋、ボンボン飾りのついた毛糸の帽子、頭が半分割れているけれど、ちゃんと靴をはき、ブラウスを着ている人形……。どれも古いものなのに、それを一針一針縫い上げていった母親の手の温もりが、展示品のあちこちから濃密ににじみ出ているようだった。

展示ケースの前に立ちすくみながら、私はパン生地をこねていた、セーターを編んでいた、母の手を思い出した。命は理不尽に奪われても、あなたたちの手の記憶は、こうして残っていますよと、私はガス室に消えていった見知らぬ母親に向かって、祈っていた。

花にまつわるあれこれ

生まれて初めて花をプレゼントされたのは六つの時で、贈り主は祖父だった。どこへ何をしに行こうとしていたのか、前後の事情は覚えていないのだが、母と三人で岡山の街中を歩いている時、道端に座っていた花売りのお婆《ばあ》さんから、バラを一本買ってくれた。

正直なところ六つの子供にとって、バラの花は心弾むプレゼントとは言い難い。ただ、祖父が懐の奥をごそごそと探り（冬だったので厚着をしていた）、長い時間をかけ皺《しわ》だらけの五百円札を一枚取り出した、その姿だけは今も記憶に焼き付いている。

私たち以外、花売りに気を留めている人は誰もいない。お婆さんは急《せ》かしたりせず、辛抱強く待っている。母は傍らに静かに立っている。そんなに手間を掛けてまで買ってくれなくてもいいのに、などと私は考えている。そしてようやく姿を現わした五百円札は、祖父の手と同じくらい、本当に皺くちゃだったのだ。

祖父は私が十歳の時に亡くなった。母は祖父の思い出話をする際、必ずこのエピソードを織り込んだ。

「あの時、お祖父ちゃんが洋子に花を買ってくれた」

と。

あまりにも繰り返し母が同じ話をするので、あの日の出来事が、いかに私が祖父に愛されていたか、母と舅《しゅうと》である祖父の関係がいかに良好であったかを証明する記憶として、ますます深く心に刻まれることとなった。

もしかしたら祖父は、私にではなく、母にバラをプレゼントしたかったのではないだろうか。照れくさくて表面上だけ、孫娘のために買ったということにした可能性もある。そのあたりの微妙な心の動きを察していたからこそ、母はまるで自分がバラをもらったかのようにうれしそうに、思い出を語るのかもしれない。

パリやローマのレストランで食事をしていると、いかにも移民といった風情の人が、バラの花を抱えて入ってくることがある。私はそれが一本でも売れるのを見た例《ためし》がない。たいてい最初から相手にされないか、片手で追い払われるかしている。私の夫も、滅多にないヨーロッパの夜をロマンティックに彩るため、妻に花を贈ってやろうなどとは決して考えない人だから、買う素振りさえ見せない。

彼らはすーっと入ってきて、邪魔にならないよう気を配りながら各テーブルを回り、またすーっと出てゆく。私は無視したりせず、相手の目を見て、

「申し訳ないけれど、私たちには必要ないんです」

という合図を送るようにしている。彼らの後ろ姿を見ていると、祖父の五百円札が思い出されるからだ。

そういえば恋人時代を含めても、夫から花をもらった記憶はない。一度、私を花にたとえるとしたら何か、尋ねたことがある。答えはガーベラだった。理由は、ひょろひょろしているから、というものであった。

真夜中

真夜中に目が覚める時の、あの嫌な感じには、いくつになっても慣れることができない。何の前触れもなく、突然ぱっと目が開き、それまで眠っていたのが信じられないくらいに、神経が研ぎ澄まされている。と、次の瞬間、頭痛や腹痛や胸のむかむかが襲ってくるのだ。

子供の頃、真夜中に病気になると、母は病院へ電話するより前に、隣に住む祖母を呼びに走った。祖母は小さな身体を折り曲げるようにして両手を合わせ、神様にお祈りしながら、中庭を通ってやってきた。窓ガラスにそのシルエットが映るだけで私は安堵し、気分もいくらかよくなる気がした。

「大丈夫。神様にお願いすれば、何の心配もいりません」

そう言う祖母の顔は、本当に何の心配もしていないように見えた。どっしりとして、落ち着いていた。すべて神様がいいようにして下さるのだから、安心してお任せしていればいい、という信念は、いつどんな時も揺らぐことがなかった。

「どうか洋子を助けてやって下さい」

祖母は目を閉じ、繰り返しつぶやきながら背中をさすってくれた。皺だらけの小さな手だった。その感触に浸っているうち、知らない間にまた眠ってしまっていた。

大人になった今でも、真夜中に目が覚めると、遠い昔に死んだ祖母の姿を暗闇の中に探している。両手を合わせた祖母の、小さな背中の丸みを思い浮かべている。

図々しかった頃

字がまだ読めない頃、絵本の絵だけを見て、自分で勝手にお話を考えていた。ページをめくりながら、そのでたらめなお話を大きな声でぺらぺら喋るものだから、周りの大人たちは「まあ、この子。こんなに小さいのにもう字が読めるのね」とだまされてしまう。歯医者さんの待合室や図書館で、大人たちがそんなふうに感心してくれるのがうれしくて、私はますます図に乗り、ますます荒唐無稽《こうとうむけい》な物語を作り上げてゆく。

以上のことについて、私自身はあまりよく覚えていない。まさか自分の娘が作家になるとは思ってもいなかった母が、近所の人に、「そういえばうちの子は小さい頃……」と言って自慢する際にしていた話なので、おそらくかなりの誇張が含まれていると思われる。

ただ、ほらを吹くのが大好きな、嘘をつくのが苦痛でない子供であったのは間違いない。そして絵本を広げている時は、どんなにほらを吹いても怒られないことが、うれしくて仕方なかった。やがて字を覚えてからは、自分で絵本を作るようになった。これ、大好き、と思える絵本に出会うと、ただ好きなだけではおさまらず、必ず自分でも書いてみたくなった。『きかんしゃ　やえもん』も『ぐりとぐら』も『泣いた赤鬼』も、私にとってはライバルだった。これよりもずっとおもしろいのを書いてやるぞ、と意気込んでいた。なんと無邪気で、図々しかったことであろうか……。画用紙にお話を清書し、挿絵《さしえ》を描き、表紙も作り、もちろん著者名として自分の名前を大きく記して糊付《のりづ》けしていた。その薄っぺらな絵本が、私の宝物だった。もし火事になったら、必ずこれを持ち出そうと決めていた。

あれほど大事にしていたのに、今は一つも手元に残っていない。それらはどこへ行ってしまったのだろう。どこか思いも寄らない、私の手など届かない、世界の果てを旅しているのだろうか。

工場見学

小学生の頃、社会科の時間にバスを連ねて出掛ける工場見学が好きだった。遠足で植物園や古墳やプラネタリウムへ行くよりも、ずっとわくわくした。何を作っている工場であろうが、工場と名前の付く場所には、未知の世界を予感させる魅力がある。

コンビナートの製鉄所、新聞の印刷所、酸っぱい匂いのする蔵元、学生服専門の縫製会社、牧場の中のチーズとバターの製造所……。かつて訪問した工場を一つ一つ思い浮かべてゆくと、自分の住んでいる世界がいかに複雑な構造を持っているか、実感することができる。あるいは、自分が実際目にしている世界が、いかにほんの小さな部分でしかないかを思い知る。

新聞やチーズはごくありふれた物なのに、それが製造されている現場があんなにも日常からかけ離れているのは何故だろう。どんな種類の工場でも、一歩足を踏み入れた瞬間、どこか遠い場所へ旅してきたような気分になる。

まず天井の高さに圧倒される。ただ高いというだけで、普段見慣れている天井とは意味合いが違って見える。天に向かってそびえる教会の塔を、はるばるとした気持で眺めるのに似ている。もちろん工場の天井が高いのは、神様に近付くためではなく、巨大な機械を動かしたり、換気をよくしたりするためなのは分かっている。けれどやはり、工場と教会は似ていると思う。懸命に物を作り出そうとしている人間たちの熱気に触れると、しばしば私は両手を合わせ、感謝の祈りを捧げたくなる。

それからあの音だ。静かな工場も、どこかにはあるのかもしれない（例えば、補聴器を作る工場？）。しかし私の知っている工場はどこもすさまじい音を発していた。しかもそれが途切れない。ベルトコンベヤーは流れ続け、ミシンは糸を吐き出し続け、モーターは唸《うな》り続ける。規則正しい機械音の合間に、所々、火花が飛び散ったり、異常を知らせるブザーが鳴り響いたりして、絶妙のアクセントを付け加える。

ただ不思議なのは、うるさいと感じないことだ。最初はびっくりしても、すぐに慣れて当たり前になる。それらが無駄な音ではなく、物の誕生に必要不可欠な要素だと分かってくる。そうなると、むしろ正反対に、静かだと思ったりする。確かに音は耳に届いているのに、鼓膜にしみ込んでくるのは、振動ではなく、静寂なのだ。

私の記憶に最も印象深く残っているのは、小学五年生の時に訪れた、キムラヤのパン工場である。食べ物関係は、徹底した清潔さが神秘的でさえあるのだが、思い出深い理由はそこにあるのではない。頭上にはり巡らされたベルトコンベヤーから、コッペパンが一個、落下してきたのだ。

よくあるアクシデントなのかどうかは分からない。とにかく、ローラーの上をコロコロ転がっていたコッペパンが、何かの拍子に向きがおかしくなり、不意にT君の手の中へ、滑り落ちてきたのだった。まだ湯気の上がっているそのパンを両手に捧げ持ち、うれしいような困ったような様子で立ちすくんでいたT君の表情が、今でも忘れられない。

T君はいろいろな意味で目立つ存在だった。スポーツ万能で、勉強もでき、顔もハンサムだった。なのにそうした自分を素直にアピールせず、特に教師に対しては、わざと反抗的な醒《さ》めた態度を取った。そこがまた同級生たちの目には、大人びて見えた。その場にいるだけで、本人が望もうと望むまいと、否応なく皆の視線を集めてしまうタイプの男の子だった。

そのT君の元へ、コッペパンが落ちてきたことに意義があった。二百人近くいる小学生の中から、他の誰でもなく、彼だけが特別に選ばれた。

優秀であるにもかかわらず、必ずしも全員の教師たちから愛されている訳ではなかったT君は、時に理不尽な理由で罰を受けた。例えば、目付きが悪いとか、制服の下からセーターがのぞいて見えるとかいう理由で。

私は彼が生まれつき何でもできる訳ではなく、隠れたところできちんと努力しているのを知っていた。持久走大会の前に、誰もいない朝早い公園で、一人練習しているのを、偶然目撃したからだ。T君が教師たちに疎まれている場面に接するたび、私は公園を走っている彼の姿を思い浮かべ、無力な自分に胸を痛めた。

コッペパンは最も相応《ふさわ》しい子供の手に舞い落ちたと言える。あの日、キムラヤのパン工場は、一人の男の子に、ささやかな祝福を与えたのである。

今も世界のそこかしこで、工場が動いている。世界を構成するための物を作り出している。世界は私が思うよりずっと強固にできているのだ、と安心した気分になる。

本を買う贅沢

両親は読書の習慣などほとんど持っていなかったので、子供の頃暮らした家には、本らしい本はなかった。本棚や書斎と呼べるスペースもなかった。

父は法律の本を数冊手元に置いていたが、それは自分一人の喜びのためではなく、あくまで仕事のためだった。また母は、生活の実践に長《た》けてはいたが、想像の世界には無縁の人だった。

ただ、二階の西の端に細長い小部屋があり、不要になった実用書や雑誌の類が無造作に積み上げられていた。しばしば私はそこで、一人過ごしていた。

子供が喜ぶような読み物がそろっていたわけではない。『熱帯魚の育て方』や『セキセイインコの育て方』、夏服の型紙集、辞書、『家庭の医学』、婦人雑誌の付録の家計簿……等など、子供にとっては何の面白みもない本ばかりだった。

しかしその小部屋は間違いなく、私の心を引き付ける何かしらの魅力にあふれていた。黴臭《かびくさ》い湿った匂いなのか、閉じこめられた静寂なのか、その正体が分からぬまま、私は床に座り込み、山の中から適当に一冊抜き取っては長い時間眺めていた。

たぶん、規則正しく並んだ活字と、ずっしりとした本の厚みに対する、憧憬《どうけい》のようなものが芽生えていたのだと思う。内容など読み取れなくても、本の一ページ一ページをめくってゆけば、自分を取り巻く世界の一端に触れることができると、本能的に感じていたのだ。

こうした家庭環境だから、例えば休日に家族でデパートへ出掛けた帰り、書店へ立ち寄るというような思い出はない。唯一の例外は、毎月買ってもらっていた『世界子供文学全集』だった。かっちりとした装丁の、子供が両手で支えるには重すぎるその本が、一冊ずつ増えてゆくのはたまらない喜びだった。けれどそれは通信販売だったので、書店へ足を運ぶ必要はなかった。

家の近所に、一軒だけ本屋さんがあった。文房具屋のついでに多少本も並べている程度の店だったが、紛れもなく、私の人生で最初に出会った本屋さんだった。

隣は八百屋兼雑貨屋、反対の隣は女の子がドッジボール、男の子が三角ベースをして遊ぶ空地だった。空地の奥には、当時の田舎には珍しい、鉄筋コンクリート二階建てのアパートが建っていた。殺風景なただのアパートなのに、私はいつかそこに一人で住んでみたいと願っていた。秘密の部屋に閉じこもって、好きなだけ本が読めたらすばらしいだろう、などと空想していた。

本屋さんは通学路沿いにあったので、学校の行き帰り、必ず前を通らなければならなかった。小学生向けの学習雑誌や漫画が並んだ軒下のラックの前を、無意識に通り過ぎるのは不可能だった。そこに本があると思うだけで、自然に視線が引き寄せられていった。けれど、立ち読みする術《すべ》も知らない私は、ただガラス戸の外から、棚に並んだ本の姿をうらやましく眺めるだけだった。

当時の私にとって、本を買うのはとても贅沢《ぜいたく》なことだった。それは特別な体験であって、そうしょっちゅう自分の身に降り掛かってくるものではないし、自らがそれを望むなど、身の程知らずだと思っていた。

金銭的な理由よりも、むしろ本への強すぎる憧れが原因ではなかったろうか。身近に本がなかったことが、余計に私を本好きにしたのである。

さて、文房具屋兼本屋さんには私と同級生の男の子がいた。色白で近眼の、勉強のよくできる子だった。彼の顔を今でもよく覚えているのは、やはり家業のせいだろう。売り物の本を読みすぎたせいで、目が悪くなったに違いないと決め込んでいた。

アパートに一室を借りる空想とともに、もしも家が本屋だったら、という想像もまた私のお得意だった。想像の中で私は、レジの後ろの、窮屈だが居心地のいい場所に一人で座っている。そこからなら、店中の本が一目で見渡せる。お客さんは滅多に現われないが、気にしない。むしろその方が静かでいいとさえ思っている。私は手元にある本を開く。心行くまで物語の世界に没頭する。残りのページが少なくなっても心配はいらない。まだまだいくらでも、本はそこにあるのだ。

やがて私の想像は少しずつ変化していった。家が図書館だったら、お父さんが小説家だったら、いっそのこと、自分で本を書いてみたら……。

初めての私の小説『完璧な病室』が書店に並んでいるのを見た時、不思議な気分がした。感激よりも、照れ臭さの方が大きかった。むしろ私を本当に喜ばせたのは、自分は作家になれたのだから、誰に遠慮することなく、好きなだけ本を買っていいのだ、という事実だった。

涙のとおり道

子供の頃、涙がどこで作られているのか不思議でなりませんでした。悲しいというのは心の問題なのに、それがどうしてすぐさま目に伝わり、どんな仕組みで涙となるのか、謎でした。いつか目医者さんの知り合いができたら尋ねてみようと思っていたのですが、いまだにその機会には恵まれず、答えは分からないままです。

弟と喧嘩《けんか》したり、親に叱られたり、学校で男の子に意地悪されたりして泣きだしそうになった時、自分の身体のどこかにある井戸のほとりで、小人たちが一生懸命涙を汲《く》み上げている様を思い浮かべたものです。井戸はとても深いのだけれど、底をのぞけば、たっぷりとたたえられながら尚《なお》、音もなく湧き出してくる涙の姿が見えるのです。

ある日、目の縁にできた脂肪の塊をつぶしていて、目頭に近い睫毛《まつげ》の生え際に、小さな穴を発見しました。目立たなくて素っ気ない穴です。これが涙の出口だろうか。私は自分が泣くたびに鏡を持ち出し、その穴から涙がこぼれる瞬間を観察しようとしました。でもやはり、うまくいきませんでした。

いつからか、私はあまり泣かなくなりました。ボーイフレンドに振られては泣き、自動車教習所の先生に叱られては泣き、職場の先輩にいびられては泣いていたのに、たぶん、子供を産んでからでしょうか、もう自分自身の問題でメソメソしている暇がなくなったのです。

その代わり、子供に死なれることが怖くてたまらなくなりました。子供に先立たれる辛さに比べれば、恋に破れることなど何でもありません。事故で息子さんを亡くしたあるお母さんがお医者さんに、「涙を止める薬を下さい」と言ったという話を聞き、泣けて泣けて仕様がありませんでした。井戸のほとりの小人たちも、私と一緒に歳を取り、そのためにおのずと涙を汲み上げるタイミングも変わってきたのでしょう。

ついこの間、学校の検診で要再検査を言い渡された息子を連れ、目医者さんへ行ってきました。息子が診察を受けているそばで丸椅子に腰掛け、何気なく机の上を見やると、目の構造を表わしたイラストが貼ってありました。

一番に注目したのは涙腺《るいせん》です。それは目尻《めじり》のすぐ上にあり、細い管がぐるぐる巻きに絡まったような形をしていました。もうどうやってもほぐすことのできない、もつれた毛糸玉のようでもありました。

ああ、涙はこんなにも入り組んだ道を通って、はるばるやって来るのか、と思うと何だかしみじみした気分になりました。たぶん井戸の底では冷たい涙が、こうして長い道のりを巡っている間に、温められるに違いありません。

息子は近視でした。いずれ眼鏡を作らなければならないでしょう。これからの人生でどんな種類の涙を流すことになるのか。それを思うと、また切なくなるのでした。

編み物おばさん

最近はほとんど見掛けなくなったが、私が子供の頃には、電車に乗るとよく、編み物をしているおばさんに出会ったものだ。

私が乗る電車は宇野線が多かった。岡山から終点の宇野駅まで、快速で一時間弱くらい。駅は港と連結していて、そこから連絡船に乗り、高松の祖父母の家へ行くのが、当時の我が家の唯一の家族旅行だった。

電車の中では、景色を眺めるより、編み物をするおばさんの様子を見ている方がずっと楽しかった。一本のかぎ針が、あるいは二本の編み棒が、生き物のように自由自在に動く。膝に置かれたくたびれた紙袋の中から、毛糸がしゅるしゅると伸びてゆく。時折どこかに引っ掛かると、手際よくほつれを直し、目にも留まらぬ素早さで再び毛糸を指に引っ掛ける。その瞬間が格好よく、ほとんどため息が出そうになる。

「お嬢ちゃん、何歳?」

必ずおばさんは話し掛けてくる。

「六歳」

「そうかい。お利口さんだねえ」

そしてなぜかおばさんは、意味もなくほめてくれる。話している間も、決して手を休めることはない。セーターやマフラーや手袋になるための模様が、次々と編み出されている。

おばさんの指は、何の変哲もないただの指なのに、たった一本の毛糸から、どうしてこんなにも様々な形を作り出すことができるのだろう。私は不思議でたまらない。

海の匂いがして、終点が近付く頃、おばさんは編み物のセットを紙袋にしまい、どこからか飴玉《あめだま》を取り出してくる。

「連絡船の中でお食べ」

ありがとう、と言いながら、私は偉大なおばさんの指から、飴玉を受け取る。

本を読む人が好き

本を読んでいる人を眺めるのが好きだ。自分が本を読むのと変わらないくらい好きだ。喫茶店の窓辺で、図書館の机で、駅のホームで、公園のベンチで、本を手にした人を見かけると、必ず視線を送る。

高校時代、電車通学に憧れた。学校の行き帰り、ほんのわずかの時間でも自由に本が読めたら、そういう優雅な通学ができたら、どんなに素敵だろうと思った。でも現実は味気ない自転車通学で、雨の日は合羽《かっぱ》からしたたり落ちる水滴に靴を濡らしながら、夏の暑い日は半分日射病のようになってふらふらしながら、ひたすらペダルを漕《こ》いでいた。

かなわなかった当時の憧れをひきずっているからだろうか。今でも電車に乗ると、本を読む高校生を探す。寂しいことに、年々その数は減ってきているように思う。たいていの子は、本の代わりに携帯電話を覗き込んでいる。

しかしだからこそ、お目当ての貴重な高校生に出会うとうれしくなって、じっと観察してしまう。

この男子学生は、まだ少年の面影を残しているけれど、本の選択はなかなかにハードだ。トルーマン・カポーティの『冷血』とは。詰め襟の制服は真新しいから、一年生だろう。筋肉は未発達で、手足はひょろひょろとし、口元は引き締まっている。運動部、というタイプじゃない。万事において目立たず、おとなしいが、他のクラスにたった一人だけ、本音で話せる友達がいる。その友達とだけ、本の話をするのだ。

『冷血』を読んでいるということは、既にもう『遠い声遠い部屋』は経験済みに違いない。文庫本『冷血』は、このあと友達の手に渡るのか、あるいは友達から借りたものなのか。いずれにしても彼は今、自分の中に潜む理由のない暴力と向き合っている……。

あちらの女子学生は驚くほど大人びている。老けているのとは違う。目元に射す影が、年齢とは不釣り合いな思慮深さをたたえている。読んでいるのはサリンジャー、『ナイン・ストーリーズ』だ。

カバンのファスナーにキャラクター人形をつけていたり、前髪を可愛いピンで留めていたり、所々に高校生らしさは見えても、やはり彼女を包んでいるのは圧倒的な落ち着きだ。白い靴下はきちんと三つ折りにされているし、唇にはリップクリームさえ塗られていない。成績は優秀だが、いい子ぶってはいない。その思慮深い目で、先生や学校が隠している汚い矛盾を、ちゃんと見抜いている。

彼女なら、バナナフィッシュの黄色に彩られたシーモアの自殺を理解することもできるだろう。ラモーナの〝見えない友達〟、ジミー・ジメリーノの死を、心から悼《いた》むこともできるだろう……。

という具合に、観察はどんどんエスカレートしてゆき、いつしか妄想が膨らんでゆく。本を読む人は、いつでも私の想像力をたくましくしてくれる。

昔、大学に通っていた頃、キャンパスの近くにしょうが焼きの美味しい定食屋さんがあった。ある日そこのカウンターで、本を読みながら料理ができるのを待っていると、隣に座った男子学生が声を掛けてきた。

「万葉集ですか」

「はい」

「誰が好きですか」

「額田 王《ぬかたのおおきみ》です」

「僕も好きです」

会話はこれだけで終わった。ほどなくしょうが焼き定食が運ばれてきた。

この数秒の会話は、私に大きなインパクトを残した。二人の本好きな大学生が出会う。彼らを近づけたのが万葉集、というのがポイントだ。これほどロマンティックな小道具はない。最初はごくささいな言葉を交わすに過ぎない。後日二人はキャンパスで偶然再会する。そこから熱いラブストーリーが……と、当時も今と変わらず、一人よがりの妄想に取りつかれていた。

その日以来私は、キャンパスを歩きながら万葉集の彼を探した。しかしマンモス大学ゆえ、そう簡単に事は運ばなかった。もちろん、定食屋さんにも何度も通った。時が経つにつれ、私の妄想はますます巨大化し、更に密度も濃くなっていった。

目指す彼を見つけたのは、文学部の正門から続く長いスロープの途中だった。私は上から下へ、彼は下から上へ向かって歩いているところだった。

「あっ」

と私は声を上げた。あるいはあまりにも胸がどきどきして、声を飲み込んだのかもしれない。ただ間違いなく立ち止まって、その人を見つめた。けれど彼は私になど気づきもせず、黙って通り過ぎて行った。
その時、私が手に本さえ持っていれば、今でも妄想の続きを楽しんでいる。

一九八四年、雪。

大学時代、中野坂上《なかのさかうえ》に住む女子中学生に勉強を教えていた。地下鉄の駅からなら近いのだが、電車賃がもったいなくて、定期の使える国鉄（懐かしい響き……）中野駅から二十分以上歩いて通っていた。

卒業を間近に控えた一九八四年の冬は、東京に大雪が降った。一体私は何回転んだだろうか。岡山育ちの私は、雪が滑るものだということを、その時まで知らなかった。

彼女は音楽大学の付属高校を目指していた。バンビのように痩《や》せていて、クリクリと動く可愛い目をしていた。部屋の真ん中には、立派なグランドピアノが置いてあった。

私が教えたのは英語と数学だけだが、音楽の方面でも、何人もの先生について個人レッスンを受けていた。

「音楽のレッスンにこれだけお金を注ぎ込んで、勉学のペーパーテストで落とされたのではたまりません。先生、どうかよろしくお願いします」

と、お母さんは必死な様子だった。

大学の授業が終わると、ほとんど毎日、雪の中、中野坂上を目指した。もちろん、彼女に合格してもらいたいためだったが、正直に言えば、やはりお金の問題もあった。生活費を育英会の奨学金と、家庭教師のアルバイトだけでまかなっていたので、休むわけにはいかなかった。卒業論文も提出し、岡山での就職も内定し、残された私の大学生活はあとほんの少しだった。

勉強を終え、帰る時の方が気分的には憂鬱だった。外は真っ暗で、道端にかき集められた雪はうす汚れ、風が冷たかった。そのうえいつも、お腹が空きすぎていた。武蔵小金井《むさしこがねい》の寮まで我慢できず、時折、途中のお蕎麦屋《そばや》さんに立ち寄った。注文するのは、そのお店で唯一のお蕎麦以外のメニュー、けんちんうどんと決まっていた。母親が讃岐《さぬき》の出身だったせいか、私はお蕎麦に馴染《なじ》みがなかったのだ。

合格発表の日のことは忘れられない。玄関を開けると、彼女が飛んできて、

「先生、合格しました！」

と叫んだ。その日はもう勉強はせず、初めて彼女のピアノを聴かせてもらった。

帰り、やはりお蕎麦屋さんに入った。いつもよりお客さんが少なかった。食べ終えてお茶を飲んでいると、おかみさんが珍しく声を掛けてきた。

「いつも旦那《だんな》と話していたんだけど、お客さんとそっくりな顔の人を知っているんです。この人。どう、似ているでしょ？」

見せてくれたのは雑誌の表紙に映った若い女性だった。彼女が自分に似ているかどうかは、よく分からなかったが、私は何度もお礼を言った。見ず知らずの私を、遠くからちゃんと見ていてくれた人がいたことに、感謝したい気持だった。

家庭教師が終わってしまったので、お店に来るのは今日が最後ですとは、とうとう言えなかった。

曲がった鼻

学生の頃、耳鼻咽喉《いんこう》科医院で、金属の細長い管を無理矢理鼻に押し込められ、貧血を起こしたことがある。青い顔で横たわる私に向かい先生は、「君の鼻は曲がっているねえ」と言った。

最近よく呼吸法の本を見かけるようになった。息を鼻から吸い、しばらくお腹にためたあと、口からゆっくり吐き出す、というやり方が心を静めてくれるらしい。お産の時、陣痛を紛らわせる呼吸法を教わったが、それは実際の場面で役立った。息を吐き出すのに合わせて、痛みがすーっと薄れてゆくのを実感した。

集中力のない子供は、日頃から無意識のうちに、ぼんやりと口が開いてしまっているそうだ。鼻から呼吸できる人ほど、何にでも集中できる。

道理で私は落ち着きがないはずだ。ワープロの前に座っても、すぐ枝毛を探したり、昔の手帳を眺めたりして、時間を無駄にしている。散々よそ見をして、よそ見に飽きた頃ようやく、書きかけの小説の扉を開ける。これも、鼻が曲がっているから、仕方ないのだろうか。

本当は言葉の海の一番深い底まで、潜ってゆかなければいけないのだ。鼻から一杯に息を吸い込み、心を落ち着かせ、広大な言葉の海をじっくりと探索しなければ、いい小説は書けない。

なのに私は、曲がった鼻で吸い込めるだけの乏しい息で、恐る恐る波間から頭を沈めているに過ぎない。懸命に瞬きし、遠くを見通そうとするが、底ははるか彼方《かなた》だ。

手書きのサリンジャー

昔、医科大学付属病院の秘書室に勤めていた頃のこと。心の底から『ライ麦畑でつかまえて』を愛読している、動物実験棟の研究補助員がいた。その思い込みぶりは、文字通り愛という言葉以外では表現できないものだった。

彼女と初めて会ったのは、一般教養で文学を担当していた教授の部屋で、何の用事だったか忘れたがそこを訪ねた時、先客として補助員さんがソファーに座っていたのである。動物実験と文学の講義に関わりがあるはずはなく、明らかに職務抜きで、のんびりと談笑している雰囲気だった。

医科大学で白衣を着ない先生はごく限られており、そういう意味で教授は目立つ少数派であったのだが、部屋に古いドイツ製のピアノを置いていることでも印象深い存在だった。思慮深くうつむき加減で歩き、長すぎる前髪を耳の後ろに引っ掛け、うっとりするきれいなバリトンで喋った。

一方彼女は、病院に用意してある最小の白衣でも大きすぎるくらいに小柄で、小鳥のように痩せていた。おそらく実験用動物たちのものだろう体液の染みで、白衣はいつも汚れていた。

職員食堂でお昼を一緒に食べている時、『ライ麦畑でつかまえて』をどう思うか聞かれ、「ああ、あの、大人に反抗する向こう見ずな少年の話ね」と答えた私に、勢い込んで反論した彼女の表情が今も忘れられない。

「違う。それはホールデン少年が一番嫌ったタイプの大人たちが、勝手につけたレッテルでしかない」

そう言って彼女が、白衣のポケットから白水社のペーパーバックを取り出した時にはもっと驚いた。思わず、いつも持ち歩いているのかと尋ねないではいられなかった。

「うん、まあね」

と、平気な様子で彼女は答えた。実験の進行表や腫瘍《しゅよう》のスライド写真や檻《おり》の鍵などと一緒に、その一冊は常にポケットに入っているのだった。

彼女の言い分は、ホールデンは社会に歯向かい傷つく、純真な少年の象徴などではなく、十六歳にして既に老成してしまった特異な感受性の持ち主であり、大人よりももっと大人なのである。彼が対峙《たいじ》したものは、外の世界にあったのではない。彼自身の内側にあったのだ。その証拠に作者のサリンジャー自身、自分で張り巡らせた高い塀の内側から出て来ようとしないではないか……ということだった。

彼女が一番重要視したのは、弟アリーの死だった。死を知っている少年だからこそホールデンは、歴史の先生が大切にしていたすり切れたナバホの毛布にさえ人生の意味を見出せるのであり、安物のスーツケースを持っている人に出会ったり、売春婦のドレスをハンガーに掛けたり、お洒落なお店へ決して足を踏み入れない尼僧のことを想像したりするだけで、すぐに淋しくなってしまうのだ。

お昼休み、時折私たちは病院の屋上で過ごした。身体に相応しい小さな声で、一節を朗読してくれることもあった。彼女が最も愛していたのは、アリーの左利き用のミットに、緑のインクで詩が書き付けてあるエピソードだった。

「野球のミットに詩を書くなんて、誰が考える？」

彼女は言った。

「誰もバッターボックスに立っていない時、球が飛んでこない時、それを読むんだって。でもアリーは白血病で死ぬの。そのミットだけが、ホールデンに残されるの」

思いがけない相談を持ち掛けられたのも、お昼休みの屋上だった。

「先生の誕生日に、プレゼントを贈るつもりなんだけど、どう思う？」

サリンジャーへのファンレターを英訳してもらったのが、教授との最初のつながりで、以後さり気なさを装いながら、しばしば彼女が先生の部屋へ遊びに行っている事情は、私も分かっていた。うん、いいんじゃないの、と深く考えもせず答えたのだが、計画しているプレゼントの中身を知らされ、正直戸惑った。

「ライ麦畑を全部手で書き写して、製本して、先生に捧げるんだ」

ずいぶんと手間暇が掛かる話だし、本屋さんへ行けばいくらでも本は売っているし、大体それを先生が喜ぶかどうか……と、いろいろ疑問はわいたのだが、どれも口には出さなかった。結局、もしかしたら欧米には、そういうプレゼントの習慣があるのかもしれないと思い、自分を納得させた。

一度、職員寮の彼女の部屋で、途中経過を見せてもらったことがある。窓際の机には、プレゼント制作に必要なもの以外は何もなく、左側に白水社のライ麦畑と、ガラスのペーパーウエイトがあり、右側には萌黄《もえぎ》色の紙の束、万年筆、吸い取り紙がきちんと置かれていた。丸善に特別注文して取り寄せたという紙の質から、インクの色、ペン先の太さ、一ページに収める文字の数まで、すべてが計算し尽くされていた。『ライ麦畑でつかまえて』に最も相応しいと彼女が考える、理想の姿を形作っていた。

筆跡は体型に比べると力強かったが、カーブしたり跳ねたりする線には柔らかさがにじみ出ていた。一字としてわずかな乱れさえない様子から、彼女がどれほどの集中力を注いでいるかがうかがわれた。ちょうど、二十章の真ん中、妹のために買ったレコードを、ホールデン少年が落として割ってしまうあたりだったと思う。

彼女はホットケーキを焼いて振る舞ってくれた。うっかりライ麦畑を汚してしまっては大変なので、できるだけ窓辺には近付かないよう、ベッドの片隅に座って食べた。

無事プレゼントが完成したのかどうかは分からない。さよならの挨拶もなく、彼女が仕事を辞めてしまったからだ。秘書室に届いてきたのは、少々厄介なトラブルが発生したらしいという噂《うわさ》だけだった。

最後に会ったのは、職員玄関の靴置場だった。彼女は白衣ではなく、喪服を着ていた。

「これからお寺で、動物の慰霊祭なんだ」

そう言って急いでバス停まで駆《か》けていったので、ライ麦畑のことを聞く暇がなかった。

以来、サリンジャーの自宅の塀を乗り越えようとしたファンが逮捕された、などというニュースを耳にするたび、あの喪服の研究補助員を思い出している。

人間の手　フェルメール「レースを編む女」によせて

ルーヴル美術館には一度も行ったことがないので、この絵がどんな豪華な額に縁取られ、どんな荘厳な部屋に飾られているのか分からない。私が知っているのは、倉敷市S町の古い日本家屋の玄関に掛けられていた、「レースを編む女」だけだ。

もうずいぶん昔、花嫁修業というものをやっていたことがある。お茶とお料理と、手芸を習っていた。その手芸の先生の教室が、S町にあった。

路地の突き当たりにある、板塀に囲まれた平屋で、洋間が一つ、日本間が二つのこぢんまりしたお家だった。戦争未亡人の先生は、そこで手芸教室を開きながら一人で暮らしておられた。

正直に告白すれば、当時はそれがルーヴル美術館収蔵の有名な絵だとは知らなかった。牛乳を注いだり、手紙を書いたり、天秤《てんびん》で何か量ったりしている女の人の絵を描いた、フェルメールの作品だとは意識していたが、ただそれだけのことだった。

玄関の日当たりが悪かったせいだろう。暗い絵だなあといつも思っていた。少なくとも、心がうきうきして、さあ、今からお稽古に精を出すぞ、という気分にしてくれる絵ではなかった。

実際私は、教室へ通うのを毎週楽しみにしていた訳ではない。趣味のお稽古事にしては、先生は厳しかった。そのうえ私は明らかな落ちこぼれだった。

刺繍《ししゅう》の新しいステッチがなかなか覚えられない。上手な人はどんどん先へ進み、差は広がるばかり。焦れば焦るほど糸が絡まって、ますます収拾がつかなくなる。最初のうちは見兼ねてこっそり手伝ってくれていた生徒さんたちにも、やがて呆《あき》れられ、見捨てられる。そんな感じだった。

先生は針一本で生きてきた人だった。若くしてご主人を亡くしながら、再婚もせず、針を動かすことだけで、二人の息子さんを立派に独立させていた。小柄で、髪は真っ白で、上品なきちんとした洋服（もちろん先生のお手製）を身に付けていた。

自分の手を動かすこと。あきらめず、意地にならず、心静かに、一針一針を動かすこと。その営みがいかに偉大であるか、そうして生み出されたものたちがいかに美しいかについて、先生は教えて下さった。

しかし先生が「レースを編む女」に言及したことは一度もなかった。〝女〟は毎週、裁縫箱を抱えてやって来る私たちを、無言で迎えていた。そこに絵が掛けられているのに、気づかない生徒さえいたかもしれない。まして、その絵に先生のどんな思いが隠されているのか、想像してみようとした生徒など一人もいない。

先生の姿を思い出そうとすると、いつの間にか横顔が「レースを編む女」と重なってゆく。伏せた目はひたすら一点を見つめている。唇は閉じられ、息さえしていないかのようだ。きっちりと結い上げられた髪の毛には優美さが、光を受けた額には聡明《そうめい》さがにじみ出ている。

手は柔らかく、ふっくらとしている。十本の指が絶妙のバランスを保ちながら、もつれた糸をほぐし、それを操り、新しい形を作り上げてゆく。さっきまでどこにも姿が見えなかった形が、今では彼女の指先から生まれ出てくる。

それでも彼女の手は、決して驕《おご》り高ぶらない。いいえ、私はただ、黙々と自分の手を動かしているに過ぎないのです、とでも言っているかのようだ。

誰も彼女を邪魔できない。窓からは風さえ吹き込まず、肩先に垂れる髪の毛さえ揺れず、動いているのは彼女の指先だけだ。

先生に教えてもらって作った作品のいくつか、パッチワークの鍋《なべ》つかみや、フランス刺繍のクッションカバーや、レース編みのテーブルクロスは、社宅暮らしだった新婚家庭の部屋に潤いを与えてくれた。ある物は子供がミルクを吐いて台無しになり、ある物は引っ越しの途中でなくなってしまった。

いつしか私は針を持たなくなり、代わりにワープロのキーを叩いて小説を作るようになった。嫌気がさして放り出したくなると、時々先生の教えを思い出す。

「人間の手が作り出すものは偉大です」

ある日、教室に行くと、珍しく先生が興奮していた。前の日に隣の家が火事になり、奥さんと子供が焼け死んだ、というのだ。無理心中だったらしい。

炎がどれほど激しく立ち上がったか、先生は一生懸命に説明した。自分が見ていた風景の中で、人間が二人も死んだのかと思うとたまらないと言った。その日はお稽古にならなかった。

しばらくして先生は教室を閉じ、東京に住む息子さんのところへ引っ越すことになった。最後にレストランでお別れパーティーをした。針を持っていない先生は、ひどくか弱く、老いて見えた。

集金について

町内会の班長の順番が回ってきて、夕方、近所の家十六軒を集金して歩くことが多い。町内会費、交通災害共済金、赤い羽根の募金、神社のお祭り保存会費等々、いろいろと集金の多い町だ。そのたびごとに、クッキーの空缶と名簿と鉛筆を持って出掛ける。

日頃ほとんど付き合いのない家ばかりなので、玄関先で用件を述べ、お金を受け取り、お釣りがあったら渡してあとはすぐに失礼する。天気のこととか、テレビニュースのこととか、しなくてもいい雑談をするのが私はとても苦手なのだ。

ある家には、自分のしっぽを追い掛けて、いつもくるくる回っている雑種の犬がいる。その前を通るたび、「お前、頭が悪いねえ」と声を出さずにつぶやく。

いつ行っても、お風呂の匂いがする家がある。外国のホテルのバスルームにこもっているような、濃い石けんの匂いだ。それが玄関の外まで漂っている。

また別の家の娘さんは足を骨折中で、太ももから爪先《つまさき》までギプスをはめている。私がドアを開けると、長い廊下の向こうから片足でケンケンして出てきてくれる。

外国人が住んでいる借家が二軒あるが、彼らは町内会に入っていないので集金はしない。おそらく、ペルー人ではないかと思う。半年くらいのサイクルで次々と顔ぶれが変わる。近くの工場に働きに来ているのだろう。

日曜になると小銭のたくさん入ったビニール袋を提げ、公衆電話まで自転車をこいでゆく姿を見かける。公衆電話でも国際電話が掛けられるのかどうかよく分からないが、うきうきした表情をしているので、久々に家族の声が聞けるのを楽しみにしているのだろうと勝手に想像している。

雪が積もったある日、例のごとくクッキーの缶を持ってうろうろしていたら、彼らの一人が黙々と雪かきをしていた。私と同い歳くらいの、たくましい身体つきの男だった。

「ペルーにも雪が降りますか？」

英語で尋ねてみたが、通じなかったらしく、彼は申しわけなさそうな微笑みを顔中いっぱいに浮かべた。言葉が通じない状況というものには、もう慣れっこになっているようでもあった。

言葉の通じる人とは雑談できないのに、ペルー人にはなぜあんなにも簡単に声を掛けたのか、自分でも不思議だ。

十六軒回るとたいていあたりは真っ暗になる。缶の中でガチャガチャいうお金の音を聞いていたら、昔小学生の頃、同じように集金していた自分の姿を思い出した。町内会費か子供会費か、いずれにしてもほんの少額だったはずだ。その家は酒屋の向かい、旧道から裏道へ曲がる角にあった。表札に書かれていたNという名字も覚えている。表札というには粗末な、ただの紙切れではあったが。

引き戸を開けると、がらんとした薄暗い、土間のようなガレージのような空間があった。人が暮らしているとは思えないほど、ひんやりとしてよそよそしい空間だった。しかしそう感じたのは、そこのお母さんが早くに病死し、次にやって来た新しいお母さんが継子《まま こ》いじめをしているという、近所のうわさを知っていたからかもしれない。

子供は上が私より一つ大きい男の子で、下に妹がいた。集金に行って、例の新しいお母さんが出てくると、絶対お金は払ってくれない。露骨に不機嫌な顔をされ、今忙しいからと言って追い返される。薄暗い中からぬっと出てくるその土気色の顔には、世界中の不機嫌が宿っているように見える。子供ながら、これなら近所のうわさも間違いなかろうと思えた。

その人が留守の時は、兄妹が出てくる。二人は私の記憶の中で必ずセットになっている。片方だけでいる姿を見たことがない。私が集金の件を切り出すと、兄はおどおどし、困惑し、哀しみさえ浮かべた表情で「ちょっと待って下さい」と言う。その姿を見て妹はさらにきつく兄の腕にしがみつく。

二人はなかなか戻ってこない。奥でごそごそしている気配だけが伝わってくる。その空白が長くなればなるほど私も息苦しくなる。もうあきらめて帰ろうかと何度も思う。集金なんてどうだっていいじゃないかと、この役目を言い付けた自分の母親を恨んだりする。

ようやく彼らは戻ってくる。兄の手は五円玉と一円玉でいっぱいになっている。家中かき集めて、どうにかそろえた五十円か百円ばかりのお金だ。私はよく確かめもせず、彼の温もりが残るその小銭をつかんで、走って家へ帰った。

のちに兄の方は奨学金で岡山大学の医学部に進み、お医者さんになったらしい。結局継母は離婚し、彼らのところから去ったということだ。

しかしこの話を私は誰から聞いたのだろう。改めて母に尋ねてみたら、知らないという。でも確かに私の記憶の結末では、意地悪な継母は去り、優秀な兄はお医者さんになり、兄妹は助け合って幸せにやっているということになっている。なのに根拠がどこにもない。岡大の同級生から情報を得たとか、白衣姿の彼とどこかで再会したとかいう客観的事実がない。ただ記憶だけが、脳の片隅にぽつんとたたずんでいる。

そうあってほしいという、私の勝手な願望だったかもしれない。あの集金の体験がもたらしたやり場のない切なさを、少しでもやわらげたくて、子供なりに物語を完結させようとしたのだ。

実際の彼らはどうしているのだろう。けれど過去の出来事はみな、記憶だけが事実になりえるのだから、やっぱりどこかでお医者さんになっているのかもしれないという気がする。

当番

ラジオ体操の当番表を作って、町内を配って歩いた。夏はいろいろと当番が巡ってくる季節である。バザーの準備、ソフトボールの練習、プールの監視。これらを手帳に書き込んでいるだけで、忙しい気分になってくる。

私の住んでいる地区は、養父、と書いて、やぶ、と読む。端から端まで歩くと三、四十分はかかるうえに、ほとんどの道が坂になっている。あまりにも暑いので、八時頃、あたりが真っ暗になってから出発した。

あるお宅では、勝手口の窓から、洗い物をしているお母さんと、食卓で塗り絵をしている女の子の姿がのぞいて見えた。また別のお宅からは、シャワーの音と石けんの香りがもれ、庭先には、暑さでまいった様子の白い子猫が、寝そべっていた。

「あらまあ、もうラジオ体操の季節?」

当番表を渡すと、みんなが言う。

「ええ、そうなんです。よろしくお願いします」

私は頭を下げる。毎年毎年、あらまあ、もうそんな季節、と思いながら六年が経った。息子が小学校を卒業したら、少しは当番の数も減るだろうか。

ナイター中継の声、換気扇からの煙、白熱球の明かり、カレーを煮込む匂い、赤ちゃんの泣き声……。さまざまな生活の断片たちが、夜の闇に漂っている。余った当番表を手に、坂道を登っていると、今、世界の幸福の証拠に気づいているのは、自分一人なのだという、大それた錯覚に陥る。

罵られ箱

小さなことですぐに落ち込む。作品を批判された時はもちろん、銀行のカウンターの人に冷たくされたり、人込みで舌打ちされたりするだけで、がっくり疲れてしまう。忘れようとしてもなかなか忘れられず、何度も思い返しては、そのたびにため息をつく。

そういう状態に陥った時、私はそっと「罵《のの し》られ箱」の蓋《ふた》を開ける。かつて自分に浴びせられた数々の罵りの言葉をしまってある箱で、普段は胸の奥の方に隠してある。

これまでの人生で、学校の先生から、職場の上司から、文芸評論家から、あるいは見ず知らずの誰かから、様々な形で非難されてきた。恥を知れ、無礼者、言い訳するな、常識知らず、愚図、話にならん、などなど。それらの言葉たちを一つ一つ取り出して、心静かに対面し、また箱に戻す。

罵った人々を恨むためではない。自分がいかに愚かな未熟者であるかを、噛み締めるためだ。そう、あの時あの人に言われたとおり、私はつまらない人間だ。ちっぽけな存在だ。いい気になるんじゃない。と、自分に言い聞かせているうち、落ち込んでいた気持が不思議と安らかになってくる。

無理に前向きになろうとすると余計にくたびれる。むしろ駄目な自分を再確認するところからはじめる。こんな自分なのだから、人から罵られても仕方ない。いい小説が書けないのも当たり前。くよくよ思い煩《わずら》う必要などない。

この境地にまで達すれば、もう心配いらない。あとは「罵られ箱」の蓋を閉め、元あった場所へ押し込めておくだけだ。

ところで「罵られ箱」の大きさはどれくらいあるのだろう。詰めても詰めても、いっこうに満杯になる気配がないのだけれど。

長電話

香川県高松市に住む大学時代の友人と、時折、一時間ほど長電話をする。長男に心臓の病気が見つかって以来、彼女は多くの困難に突き当たっている。病を受け入れるだけでも精一杯なのに、想像もしなかった理不尽な問題が、次々と持ち上がってくる。

世間からは、母親がしっかりしなくてどうする、という目で見られ、子供の前では泣くこともできず、限界ぎりぎりのところに追い込まれている親のサポートをしてくれる場が、どこにもない。医者は子供の病気に向き合うのみで、親の精神的苦痛に目を向け、少しでも前向きに看病できるよう持っていこうとする発想自体、存在しない。

あるいは、通っている中学校に、心臓への負担を軽くするため、教室を三階から二階へ移動するか、昇降機を購入してもらえないだろうか、とお願いする。そんな簡単なことが、すんなり受け入れてもらえない。前例が……、予算が……、もし事故があった場合……、などという信じられない言葉が返ってくる。

周囲の人々に迷惑を掛けまいとし、苦しい息を隠しながら、踊り場で休み休み階段を昇っている少年を目の前にしたら、教育者であろうとなかろうと、何か手助けはできないかと思うのが、本当の人間の在り方であるはずなのに。

そんなことを二人で語り合う。「私の言っていること、間違ってるだろうか」、そう弱音を吐く彼女に、間違っていない、と何度でも断言する。

電話を切る時、自分にできる手助けのあまりの貧弱さに辛くなる。

マチュー・コレクション

アルルで友人の車に乗せてもらったら、シートの上に木の実や小石やカタツムリの殻が散らばっていた。「ごめんなさいね。全部息子のコレクションなの」と言って友人は手際よく、しかし一つ一つ傷つけないよう気を配りながら、それらを片付けてスペースをあけてくれた。

よく見ると足元には、ラベンダーの小枝やタイルの欠けらや錆《さ》びた鎖や、その他さまざまなものが収蔵されていた。

コレクションの持ち主、三歳のマチューは、道端に落ちている面白そうな何かを見つけると、拾わずにはいられない。さすったり太陽にかざしたりして、飽きずに眺めているらしい。

そう聞いてよく観察すれば、単なるがらくたとは言い切れない、味わいがある。小石は思わず頬ずりしたくなるほどすべすべしているし、カタツムリの殻には、不思議な渦巻き模様が描かれている。

お家にお邪魔すると、マチューが一番に駆け寄ってきた。この中に、君はいったいいくつの物語を隠しているんだい？　と呟《つぶや》きながら、私は思う存分小さな頭を撫で回した。

彼からのプレゼントは、オリーブの枝に留まったまま息絶えていた、トンボの剝製《はくせい》だった。コレクションの中でも、相当貴重な部類の品だったに違いない。私はそれを、マチューのおしゃぶりが入っていた小箱にしまい、大事に日本まで持って帰った。

今トンボは、私の仕事机の上に留まっている。

引っ越しの手伝い

引っ越しの手伝いを口実に、大学時代の友人に会うため松山まで行ってきた。手伝いと言ってもたいして役には立たない。せいぜい洗面所にタオルハンガーを取り付けたり、蛍光灯を買いに電気屋へ走ったりするくらいのことだ。

彼女のきちんとした性格は昔から少しも変わっておらず、その生真面目さは育ち盛りの三人の子供たちが発するすさまじいエネルギーにも踏み潰《つぶ》されることなく、生活の隅々に息づいていた。

引き出しは全部空き箱を利用して小分けにされ、それぞれの品物がしかるべき場所に納められている。台所の密閉容器には青のり、干しえび、粉ゼラチン……とラベルが貼ってある。三冊の育児日記は、通帳や実印と一緒にタンスの奥にしまわれている。

段ボールの底に、黄ばんだブラウスを見つけた。

「もう捨てたら？」

私が言うと、彼女は、

「ああ、それはね。礼服に埃がつかないようカバー代わりに使っているの」

と答えた。次に発見したのは、牛乳パックや卵のケースやプリンのカップが詰まった段ボールだった。

「こんなもの、捨てたら？」

いつしか私は、整理整頓《せいとん》している彼女の隣で、捨てたら、捨てたら、をただ繰り返しているだけになっていた。

「子供の工作でいつ何が必要になるかもしれないから、置いておくわ」

そう言って彼女は、段ボールを天袋にしまった。

大学時代、一緒に旅行しても、ユースホステルのベッドで私がごろごろしている間、彼女はお小遣い帳をつけていた。大事なデートから帰って彼女が一番にするのは、一張羅《いっちょうら》のワンピースの衿《えり》に汗染みが残らないよう、揉《も》み洗いすることだった。その横で私は、デートの成果を聞き出そうとやきもきしているというのに。

小柄な彼女がいつも猫背で抱えていた『日本古典文学全集』が、一冊も欠けることなく出てきた。それらは書棚の一番目立つ場所に並べられた。同じ段ボールに、NH

Kの教育テレビ「古典への招待」のテキストが入っていた。すっかり白髪の多くなった佐佐木幸綱先生をテレビでお見掛けし、私も懐かしく思っていた。十八年前、私たちの間で佐佐木先生の講義は一番の人気だった。先生は高校野球の監督のようで、とても歌人には見えなかった。

やがてカセットテープの山に行き着いた。

「これ、N君にもらったテープだわ。この筆跡、N君のだもの」

昔私のボーイフレンドだった人の名前を挙げて、彼女は言った。

久しぶりに耳にする名前だった。どうしてそんなテープが彼女の手元にあるのか、事情などすっかり忘れてしまった。それが彼の筆跡なのかどうかも、思い出せない。

「もう捨てたら？」

明日業者に引き取ってもらう予定の、ゴミの山の中に、私はそれを放り込んだ。彼女も反対しなかった。

自信満々の人

時々、自信満々の人、に出会う。

自分のことを堂々と自慢し、それが自慢だと気付きもせず、批判されると、ひるむことなく三倍の批判をお返しする。取り越し苦労、いじけ虫、自己嫌悪、後悔、絶望、くよくよ、びくびく、などという言葉とは無縁。他人が自分をどう思うかより、自分が何を表明するかの方が大事。頭の中に常に完全なる自分の姿を思い描き、過去は振り返らず、輝ける未来に生きている……。

そのような人の前に出ると、神々しいものを目の当たりにしたかのように、ハッハーと言ってひれ伏してしまう。きっとこの人の手帳はスケジュールでびっしり埋まっているのだろう。海外旅行でも時差ぼけ知らず、忘年会でも二日酔い知らず。朝は誰よりも早く目覚め、夜は誰よりも遅くまで起きている。ああ、こんな人とは絶対友だちになってもらえない。私など軽蔑され、無視されるのが落ちだ。そんなふうにあれこれ考え、ますます弱気になる。だからとにかく、降参するしかない。

自分に自信がないことに関しては、私は大いなる自信を持っている。自信のなさを競う世界選手権があったとしたら、必ずメダルを獲得できる自信がある。

例えば、今まさにサッカーの試合が始まろうとしている。ワールドカップの決勝戦だ。スタンドは十万人の観客で埋まり、世界中の人々がテレビの前にかじりついている。いよいよレフリーの右手が上がり、ホイッスルが鳴り響く。次の瞬間、パスを受けた私は猛然とドリブルで突き進み、敵を蹴散らし、あっという間にシュートを放つ。ボールは鋭い軌跡を描きながら、棒立ちになったキーパーの脇をかすめ、ゴールネットを揺らす。私は派手なガッツポーズを決める。

ところが、どこか妙な雰囲気に気付く。祝福のために抱きついてくるチームメートは誰一人おらず、歓声が沸き上がるはずのスタンドには、呆然《ぼうぜん》とした空気が流れている。やがてあたりは、ざわめきと怒号と嘲笑《ちょうしょう》に支配される。

そこでようやく私は悟るのだ。反対のゴールに入れてしまったことに。

開始数十秒で敵に一点を献上した私は、すぐさま交代を命じられ、罵声《ばせい》を浴びながらすごすごとベンチの片隅に引っ込む。結局我がチームは、私の自殺点が命取りとなり、0対1で敗れる。もう二度と私にチャンスは訪れない。それどころかまともに町を歩くこともできず、人里離れた山奥の庵《いおり》で、汚名を背負ったまま、孤独に一生を終える。

自分ならやりかねないなあ、と思う。サッカーやバスケットボールやアイスホッケーの試合を観るたび、どうして皆、自分が入れるべき正しいゴールを間違えないのか、不思議で仕方ない。一人くらいそういうドジな人がいてもおかしくないのに、現にもし私が選手なら絶対やってしまうだろうに、と思う。幸運なことに、私はサッカーの選手でなかっただけの話だ。

あるいは、私はオリンピックのプールにいる。四百メートル個人メドレーの決勝がスタートしようとしている。私は世界記録保持者で、普段どおりの実力を発揮すればメダルは間違いないと期待されている。四年間、一日も休まず苦しい練習を続けてきたのは、すべて今日この日の、この一瞬のためだった。私は飛び込み台に足を掛け、水面を見つめ、スタートの合図を待つ。

ピストルの音と同時に私は飛び込む。最初はバタフライだ。プールの中央を過ぎ、早くも頭一つ抜け出す。調子は悪くない。息継ぎの時、観客席で振られるいくつもの日の丸が目に入る。

百メートルを私はトップでターンする。世界記録の途中経過を上回っている。水中で身体を丸め、壁を足で蹴る時、いけるかもしれないという感触に包まれる。浮き上がり、一かき、二かきした瞬間、猛烈な違和感が襲ってくる。見る見る他の選手に追い抜かれる。焦るんじゃない、焦ったら負けだ、平泳ぎが一番得意なんだから、自信を持って泳ぐのだ、と私は自分に言い聞かせる。

なのに差はどんどん広がってゆくばかり。さっきまで勢いよく振られていた日の丸はだらんと垂れ下がり、水面から観客席のざわめきが伝わってくる。おかしい。いつもなら平泳ぎで更に差を広げられるはずなのに……。

その時私は気付く。バタフライの次は背泳ぎだ。平泳ぎじゃない。

私はプールの真ん中で、どうにか平泳ぎから背泳ぎに切り換えようともがくが、ただばちゃばちゃするばかりで、半ば溺《おぼ》れているも同然になる。いや、待てよ。ここはこのまま平泳ぎでいって、次に背泳ぎをすれば許してもらえるんじゃないだろうか。ちょっと順番が逆になっただけなんだから。と、考えたりもする。

しかしもちろん許してもらえるはずもなく、私は失格となる。メダルはおろか、四年間の苦しい練習のすべてが、ふいになってしまう。打ちひしがれたずぶ濡れの私は、一人プールから立ち去る。

新体操やフィギュアスケートの選手は、なぜ振り付けを途中で忘れないのか。ラグビーで味方にタックルしてしまったらどうなるのか。トラックで高速道路を逆走したら、ストレートパーマ希望のお客さんをカーリーヘアにしたら、フィルムを入れないで写真を撮ったら、右足と左足と間違えて手術したら……。

ああ、駄目だ。世の中には心配事が多すぎる。私にはとうてい、運転手も美容師もカメラマンも医者も務まらない。

新幹線の指定席に座る時、番号が合っているかどうか、確固たる自信が持てない。もしかしたら自分は、車両を間違えているのではないか、そもそも列車が違うのではないか、ここに本来座るべき正当なお客さんが別にいるのではないか、という不安にさいなまれ、何度でも切符を取り出して確かめる。車掌さんが検札に来ると、びくびくしながら切符を差し出す。

飛行機で怖いのはトイレだ。鍵が閉まる瞬間のあの力強い手ごたえは、どうにかならないものだろうか。あれを感じるたび私は、二度と出られないかもしれない、と覚悟する。しかも、水を流した時の吸引力のすさまじさ。自分まで頭の先から、キュッキューと吸い込まれてしまいそうだ。吸い込まれた私は、細く干からびたかんぴょうのようになって、シベリアの上空かどこかに打ち捨てられるのだ。

こんなにも心配事だらけの世界で、よくもこの歳まで無事に生きてこられたものだと感心する。今のところどうにか、山奥の庵に引っ込むことも、シベリアの上空を舞い落ちることもなく済んでいる。しかも作家という職業まで得ているのだ。個人メドレーの順番を間違えるような私に、曲がりなりにも務まる職業があったとは、神様に感謝するしかない。

先日、東京での仕事を終え、新幹線に乗った時のことだ。いつものとおり私は、切符を握り締め、座席番号が合っているかどうか、五十回くらい確かめているところだった。

そこへ、初老の男性が近寄ってきた。きちんとしたスーツ姿の、猫背で小柄な人だった。

「私は、あなたの隣に座る資格などない男です」

唐突にその人は、それだけ口にすると、すたすた歩いて行ってしまった。えっ、と問い返す暇もなかった。ただ呆然と、後ろ姿を見送るばかりだった。

「そんなことはありません。どうかもっと自信を持って下さい」

本当はそう言って慰めてあげたかったけれど、私にはとても、それほどの勇気はないのだった。

解説

デビット・ゾペティ

ぽかぽかで印刷したて、それもサイン入りの（ちょっと自慢！）『犬のしっぽを撫でながら』を頂いた時、期せずして無数の記憶が蘇り、様々な思いが宙を舞った。

小川さんと知り合ったのは、スイスに住む妹と、野球がきっかけだった。『犬のしっぽを撫でながら』（以下、『犬のしっぽ』）の中で小川さんは、約十年前から自身の作品を出している南フランスの出版社ACTES SUD《アクトシュド》や、ローズ・マリーさんという翻訳家について語っている。妹は、最初にフランス語訳（確か、『完璧な病室』）が出た当時からYoko Ogawaの大ファンで、「せっかく日本語で読めるんだから、絶対に手に取らなくちゃ損よ！」と半ば急き立《せ》てられて、僕もいつの間にか〝日本語側〟で小川さんの本を愛読するようになった。それが最初の接点だった。

後には、小川さんの紹介でローズ・マリーさんとも知り合った。彼女は文学に対して瑞々《みずみず》しい感性を持ち、何より、小川洋子を翻訳するために生まれてきた、としか思えない不思議な才能に恵まれている。これは日本語とフランス語が読める人にしか味わえない贅沢《ぜいたく》だけれど、翻訳にありがちな違和感はまるでない。小川さんの原文を、たまたまフランス語で読んでいるに過ぎない、という妙だが、とても居心地いい感覚だ。あまりにも自然なため、途中から日本語なのかフランス語なのか分からなくなる。こんな原作者と翻訳家の組み合わせ、魂と魂の結びつきはちょっと珍しい気がする。フランス語には、Une grande dame《ユンヌ グランド ダーム》という表現がある。分野を問わず、輝かしい業績を残し、偉大さと謙虚さを持ち合わせた女性と意訳できよう。僕からすれば、小川さんとローズ・マリーさんは出会うべくして出会った二人のgrandes damesなのだ。

　小川さんは根っからの虎ファンとしても有名である。本書の中でその発端について書いてある。分かりやすい、家庭の温かい雰囲気がほのぼのと伝わるエピソードだ。野球が存在しないスイスからやってきた僕が熱狂的なトラキチになった経緯は、もう少し入り組んでいる。一九八〇年代、生まれて初めて後楽園スタジアムで巨人が圧勝した試合に連れていかれた。それで〈なんとなく巨人ファン〉になった。しかし強者特有の振る舞いに次第に反感を覚えて、寅《とら》年だから虎軍団を応援しようと決断した。見守って半年、深い愛情が芽生えた。さらに京都での学生生活。挙句の果て、大阪生まれの女性と結婚し、親戚中が猛烈な阪神ファンと来たら、もう運命は決まった。それでも僕は長い間、野球のルールを完全に把握していなかった。例えば、サヨナラ・ホームラン。引退を表明した選手が最後の試合で打つ本塁打と勘違いして、「こんな偶然がよくあるな。ピッチャーはお情けで打たせてあげているんじゃないの」と小首を傾《かし》げたものだった。

そんな僕がNHKのとある番組情報誌で「吼《ほ》えろタイガース」というコラムに拙《つたな》い文章を書くことになった。他のスタメンは錚々《そうそう》たる方々ばかり。その中に、小川さんも入っていたのが縁で、NHKの（とても殺風景な）喫茶店で初めてお会いした。人見知りの僕はかちこちに緊張していたけれど、「なんという小柄な grande dame だろう」という第一印象は今でも鮮明に覚えている。そう、小柄だが、大きなオーラを放っていた。小川さんの喋《しゃべ》り方は彼女の文体そのまま。正確で物静かな単語が自然に流れて、飾り気のない言葉は相手を包み込み、安心させる独特な力を持っていた。

『犬のしっぽ』には、多彩な随筆が収められている。

寡作ながら、小説家を志す僕は「『書く』ということ」に、特に興味をそそられた。一種の親近感を覚えた箇所も多かった。例えば、「忘れてはいけないメモをあちこちに押しピンで留める」ため、机本体が見えず、「風が吹くと紙がひらひら音を立てて翻る」という描写。思わず爆笑した。僕はペタッと貼る付箋《ふせん》に走り書きをするが、書斎はまったく同じ有様だ。考えてみれば、いつ、はらはらと飛んでいってしまうか分からない紙に書かないで、メモ帳を購入し、一ヵ所にまとめておけばいいのに。これじゃ、まるで『博士の愛した数式』の博士の背広にクリップで留められた無数のメモ用紙とそっくりじゃないか。もしかして、小川さんは目の前の机からヒントを得たかも知れないね。

『博士の愛した数式』といえば、フランス語訳を巡る逸話があった。翻訳家のローズ・マリーさんは数学に関して小川さんに負けないくらい、感服脱帽するほど勉強したようだが、実は彼女、昔かなり長く日本で暮らしていたのに、野球をまるで知らないという。それで僕に、野球と関連する箇所のチェックをして欲しいと翻訳原稿を送ってきた。他のページは、それまでの翻訳作品同様、端正で正確なフランス語がすらすらと綴《つづ》られているのに、野球となると、どう好意的に見ても、話になっていない。「ピッチャーが投げた変化球を、ライトがネット裏へ向けてバントし、その隙《すき》を狙《ねら》ってキャッチャーは三塁へすかさず盗塁。見かねて、ショートが派手な素振りを始めた」とはやや大袈裟《おおげさ》だが、これに近いチンプンカンプンの新型球技になっていた。無理もない。野球は安易に想像できるスポーツではない。虎軍団の雰囲気も、ユニフォームも外野席の様子も、すべてが微妙に違う。八十分の記憶しかないとはいえ、これじゃ博士は安心して数学の世界に没頭できない。僕は慌てた。東京で「阪神グッズ」を入手できる京王百貨店に出向き、DVDや写真、カレンダー、玩具《おもちゃ》のグローブやバットまで買い揃え、速達で南仏へ送った。そしてローズ・マリーさんに膨大な量の情報をじっくり消化する時間を与えて、電話でフォローした。二週間後に、修正稿が到着。僕は目を丸くした。従来の才能を発揮し、彼女は野球のシーンを完璧にフランス語に置き換えていた。バッターボックスには打者が立ち、ヒットは外野に向かって飛び、走者もちゃんと反時計回りに次のベースを狙う。小川さんの言う通り、「世界は驚きと歓《よろこ》びに満ちている……」。

アルルで男性が本を読んでいた光景を思い出し、小川さんは、いつどんな場所であろうとも、本を読んでいる人の姿は美しい、と記す。この一行に、僕は心が震えた。ここで日本の出版不況や活字離れ（文芸書離れといった方が適切だが）を論じても始まらない。しかし小説がそれなりに愛され、人々がまだ定期的に本を買って読む欧米に比べたら、日本の状況には暗澹《あんたん》たる気持ちになる。一九八三年初来日当時、地下鉄に乗ったら、単行本に読み耽《ふけ》る人の姿はそれほど珍しくなかった。路線や曜日や時間帯にもよるが、いい時には十人中、五人は吊革《つりかわ》に揺られた読書の旅を楽しんでいたように思う。

それが今——。終電で帰ったりすると、愕然《がくぜん》とさせられる。小さな画面の中で無数の兵士や怪物たちを殺戮《さつりく》する人。ケータイのテレビを覗《のぞ》き込む一方、もう片手で別の携帯に猛スピードでメールを打つ人。同じiPodのヘッドフォーンを二人でシェアし、iPhoneのスライドショーに見入るカップル……。夜の電車は小型の精密機械に支配され、本はもはや人間の記憶から消え始めたんじゃないか、という不安に襲われる。

しかし、小川さんは倉敷で一般読者と文学について語り合う会に参加し、「文学の衰退が叫ばれて久しい今日でも、やはり、言葉によって自己を模索する人々は、ちゃんと存在している」と確信したという。僕もそう信じたい。時折、電車内で小説（らしき書物）に熱中する人を発見すると、感激のあまりハグしたくなる。……したら、いけませんよね。

小説を書くに当たって、「場所の決定」が「何より重要な問題」と小川さんは打ち明ける。登場人物の輪郭がはっきりしていても、彼らが動きまわる「場所」が明確に見えてこないと「一行も書き出せない」という。確かに、『博士の愛した数式』にせよ、『ブラフマンの埋葬』にせよ、『沈黙博物館』（これはスイスで妹の書棚から借りてフランス語で読んだ）も、『ミーナの行進』も、空間は大きな役割を果たしている。「この作品でこんなことを伝えたい」という意図はあったとしても、どちらかといえば、極めて独創的な——現実と幻想の境界線にまたがる——空間が物語を包み、先へ先へと運んでくれる印象が強い。場所は物語を展開させるための舞台装置ではなく、むしろ、小川さんが物語を発掘していく独自の小さな宇宙に思える。小説の魅力のひとつは、書き手が心の目で見た空間が、活字を媒体に、遠く離れた見知らぬ読者の中で——書き手には制御できない形で——再現されるという魔法にある。

「空間」と関連して、こんなこともあった。「吼えろタイガース」を書いていた頃、父が病気になった。看病のため里帰りして、僕は気分を紛《まぎ》らわせようと、彼が知らない野球の世界について話した。ベッドの周りを動き回ったり、紙に下手なイラストや図を描いたりして、野球のルールや魅力を説明して、試合観戦に盛り上がる我が家族の様子や、愛すべき阪神タイガースの特徴などを熱心に語った。父はとても面白がってくれた。次の締め切りが差し迫った時、スイスにいたんじゃネタはないので、そのことをコラムに書いた。

翌年、小川さんは『ミーナの行進』を新聞に連載していた。色鮮やかな挿画に囲まれた新しい一話が土曜の朝の楽しみだった僕の元に、便りが届いた。「来週あたり、ミーナがおばあさんと米田さんにバレーボールのルールを説明する場面が出てきます。それはデビットさんとお父様のお話からヒントを得ました」。おいおい、パクリの事前報告じゃないか、とはもちろん思わず、小川さんにとってヒントになるなんて、こんな光栄はない、という気持ちで次の土曜日の朝刊を買った。小川さんの〝パクリ〟は親切に教えてくれなければ、気づかないほど見事なものだった。遠いスイスの病室の雰囲気を敏感に感じ取り、自分の感受性のフィルターで濾過《ろか》して、彼女はまるで別のシーン、別の感動に再現させていた。父と共有した空間は小川さんの文章という小舟に乗り、日本中の読者に届けられた。これは決して言葉を操るテクニックだけでなせる業《わざ》ではない。

空間に対する小川さんの鋭敏な感性は「アンネ・フランクへの旅」にも現れている。アンネが潜行生活を送った〝後ろの家〟を訪れ、小川さんは隠れ家の扉を分からなくするための回転式本棚の前で立ち尽くしたという。第二次世界大戦当時、太陽の光が溢《あふ》れているのに、危険極まりない地帯だった外界と、窮屈さと不自由と影に支配されながらも、身の安全が保障された内側の世界。両者を隔てるのは、今や開いたまま固定されているこの本棚だ。対立する二つの世界の境目を一般の見学者は――その重要性を認識しても――ただ通過するだけ。内側の様子を一刻も早く覗きたい勢いで、次々と中へ入っていく。しかし小川さんは身動きが取れず、立ち止まるのだ。憶測に過ぎないが、彼女にとって、境界線それ自体が空間に感じられたのではないか。いとも簡単に自由に出入りできる、本棚の周辺を一つの空間と捉えたからこそ、「アンネの日記」で何度も読んだ〈表〉と〈裏〉を切り離す果てしない距離を一層強く実感したのではないだろうか。

「アンネ・フランクへの旅」では、アウシュヴィッツへの訪問にも触れている。実は僕もポーランド南部の強制収容所跡に、かつてテレビの取材で足を運んだことがある。母がユダヤ人だったこともあって、アンネが日記をつけたのと大体同じ年齢から、ホロコーストの話を聞かされた。親戚の中に〈死への列車〉に乗せられた者もいれば、虐殺を奇跡的に免れた者もいる。なのに、列車が到着し、収容者たちが三つのグループに分けられたビルケナウの荒涼たる敷地に入った時も、ガス室や焼却炉などがあったアウシュヴィッツの中を歩く時も、僕はほとんど何も感じなかった。そしてそんな自分に唖然《あぜん》としつつ、「撮影に集中しているからだろう」と己の精神の空洞を分析しようとした。

　最後の撮影を終えた夕刻、閉ざされた大きな扉の外側のベンチに腰かけて初めて、感情が一気に溢れ出た。名状しがたい混乱と絶望に打ちのめされて、僕は長い間、動けずにいた。感じていなかったのではない。胸を抉《えぐ》るあまりにも激しい感情と、その場で、リアルタイムで向い合えなかった。魂が極限にかく乱されている事実を認める勇気も素直さもなかった。本当は叫んでいた心に重い蓋《ふた》をしていたのだ。
「私がひるむことなく、しっかりと目を開けていられたのは、アンネの存在があったからに他ならない」と小川さんは回想する。格好をつけることしか考えていなかった高校時代に一度きり通読しただけの『アンネの日記』。小川さんの「アンネ・フランクへの旅」の最後のページをめくった時、もう一度じっくり読み返したいと思った。

『犬のしっぽを撫でながら』は単に〈小川さんの世界〉を楽しく垣間見るだけの本ではないと思う。記憶の優しい起爆剤となって読者の胸を打つ作品でもある。数学、愛犬の散歩、家族のことなども含め、僕はまるで小川さんが自分のためにこのエッセイ集をまとめてくれたような錯覚に陥った。しかし、著者と交友関係になくても、あれこれ特殊な経験をしていなくても、この本の中では、誰しも自分の内面と強く響き合うものを発見できるはずだ。心の片隅で眠っていた何かを、小川さんは簡潔な言葉でぴたりと言い当てて、そこに息を吹き込む。彼女が綴る文章は、心のトランポリンのようだ。心の中身を軽やかに空中へ撥《は》ね返し、回想や感情が自由自在に回転できるスプリング付きの柔らかなカンバス・シート。読者を「この作品、きっと自分のために書かれたんだ」という気持ちにさせるのが本書の特徴であり、小川さんの文学の魅力だ。

僕はいつも、そう感じている。

この作品は二〇〇六年四月、集英社より刊行されました。

集英社文庫 目録（日本文学）

集英社文庫　目録（日本文学）

集英社文庫

犬《いぬ》のしっぽを撫《な》でながら

2009年1月25日　第1刷
2022年3月13日　第3刷

定価はカバーに表示してあります。

著　者　小川洋子《おがわようこ》

発行者　徳永　真

発行所　株式会社　集英社
東京都千代田区一ツ橋2-5-10　〒101-8050
電話【編集部】03-3230-6095
【読者係】03-3230-6080
【販売部】03-3230-6393（書店専用）

印　刷　図書印刷株式会社

製　本　図書印刷株式会社

フォーマットデザイン　アリヤマデザインストア　　マークデザイン　居山浩二

ISBN978-4-08-746392-7 C0195